天亮前
寻找 一只猫

林青华/译
[日]丹下 健太/著
たんげ けんた

上海译文出版社

高桥试着嘴里衔着一次性筷子说话。他先是练习“啊——”“呜——”的发音，往下是“我姓高桥”，接下来是一番长篇大论：对不起，请多多关照。是的，没错，我单身。对，现在是自由职业者。时薪八百三十日元。嗯？便宜吗？是啊，就是这个样子啦。这一带学生多，打工的会供过于求吧，平均时薪便宜。不过，都是学生兼职的话，到了考试期间都要请假，反而自由职业者意外受重视。对、对，哈哈。是这样的。嗯？对。对。对。是呀。鄙人之所以希望进贵公司，就是这样的，首先是贵公司立足于本区。我大学时期在这一带度过，很喜欢这个区。所以说嘛。大学再加上毕业后的五年，一共九年，都在这一带活动。于是我就想，要进一家重视这个区、有发展前途的公司。我在求职过程中，了解了许多公司，从中知道贵公司早早就获得了ISO14000以及ISO14001认证，近年又取得了ISO9000系列认证[①]。在社会活动方面，贵公司赞助了以美化社区为目的的团体，公司本身也举办了“美好社区就在今天”生态宣传活动。其实，我曾以兼职打工方式参加了这个宣传项目的活动。许多本地企业响应了贵公司的呼吁，以多种形式宣传自己。例如设立体验柜台，展示自己的生态保护活动，或者保护街道原貌——我真是大开眼界，很开心。这样我就有了机会接触推广部和策划部的人，好像是桥本先生和中岛先生吧。因为我对贵公司感兴趣，就咨询了各方面的情况，承蒙二位热情解答，介绍了不唯利润至上、要通过多种社会活动搞活本地、建设更美好社区的理念；鄙人虽然微不足道，也很期待能在这样的公司，在这些先生的指引下，为这种理念贡献力量。对。

嗯？谢谢。对，是的。对。说鄙人吗？是、正是。如履历书所写，鄙人大学时期……是的。对，鄙人是法律系毕业。对，鄙人专业是宪法。要说为何选宪法为专业……确实。我想通过了解作为国家根基的宪法，也许能明白这个国家的形式吧……嗯，可能说得不大清楚，应该就是这么回事吧。对。要说鄙人为什么是自由职业者，鄙人呢，想通过四

① ISO14000、ISO14001、ISO9000均为国际标准化组织推出的管理体系国际标准。

年学习法律……就是……那个了。嗯，是的。抱歉，有点紧张。啊，放轻松点？——好的。像平时那样？——好的。明白了。那么，嗯……咱在那四年里——其实是五年……嗯？太琐碎吗？噢，不好意思。那个，对，好的，就取“鄙人”和“咱”的中间说法：用“我”吧。我呢，在大学学习法律时，感觉不大对劲，这些东西谈不上是正义、真实，更谈不上构成了国家形式，不单纯就是语言游戏吗？罗列一堆片假名写的词汇，这些词汇现在不使用，一般人也不使用，反倒把咱们——不，把我们从正义呀真实呀国家形式呀推得更远吧？于是，我就以Fender电吉他取代了六法全书。不，当然是日本货。与其读旧判例，我更醉心于八拍子的历史。也不读晚上的专科，四处去即兴表演。咱呢——不，鄙人呢——不，我呢，也想过，这里头有法律所没有的东西吧？于是没有就业，有一段时间一边兼职一边继续音乐活动。对。那么，要说为什么这回要参加贵公司的员工招募，不继续自由身的音乐活动呢……这个……这个嘛……对、对。您是问，是不是出于父母的压力，对吧？对、对。想起来了：有一个叫RATM的摇滚乐队，就因为它解散了，最终。啊啊，您不大明白？不好意思，太紧张了。我很喜欢这个RATM乐队，因为感觉这些人该有些法学里没有的东西——不，他们肯定有。可是，他们散伙了。而且，剩下的人组了没声乐的新乐队——您想它是什么？是音响主宰啊！音响主宰。这太过分了。他们降格为奴隶了，而且是有意识的、故意的。我那以后又搞了一段时间音乐，但最终不行。怎么看这事儿？嗯？——是吗，您不大明白吗。不好意思，好像绕得挺远的，一紧张就不知怎么说好了，非常抱歉。嗯？不录用？我是哪方面不足呢？因为我选宪法为专业的理由，是只为那教授好对付吗？或者，让您看穿了，我其实对西洋乐不甚了了，没那么喜欢，也没那么在乎RATM；比起摇滚乐，实际上更喜欢日本民谣？啊，都没说对？那就是那个——贵公司企划部的中岛，找他说了，他完全不予考虑，您对此挺生气、无奈，对不？——这也不对。那，是什么原因呢？嗯嗯。哦——是吗。头发乱糟糟、没有理好的话，说明心理上没有准备好成为一个社会人……是这样啊。因为没钱，是自己剪的。是啊。您这样一指点，是这么回事。明白了……明白了……我知道啦。高桥呸一声吐掉衔在嘴里的一次性筷子，沉入乳白色的浴缸里。浴室的浴缸、天花板、墙壁全都是米黄色，只有地板是浅褐色，高桥的身体消失在热气腾腾的白色里面——一浴缸子热水里，放了今天阿惠买来的乳白色入浴剂。脑袋是浸入水中了，脚却只能支楞在外面。高桥总是不满意这一点，但还是喜欢这个瞬间。泡在热热的水里，在浴缸里足足耗它一个小时，或读书，或抽烟，或喝啤酒，或听收音机，或啥事不干，到快起来时，把脑袋全浸到热水里。原本很热的水当然已渐渐降温，接近体温的程度，而身子也泡了一个小时，烫烫的，脑子也变得蒙蒙的，分不清自己和热水的界限，感到一种自己变成了液体似的虚脱，仿佛自己体内有些东西溶解出来了，非常愉快。好多不需要的东西似乎都摆脱掉了。高桥自己在浴室里笑：现在练习明天公司面试的仪态，第一步，首先就去掉这些吧。

高桥洗好起来，穿一条裤头，边用毛巾擦头发边返回客厅。他一露面，阿惠就说："我都听见了，吵死人。"她穿一条灰色裤子，配长及肘部的黑色 T 恤，蹲在沙发上，一边观察石头，一边说话。阿惠不知何故开始收集石头。有值得纪念的事情时，她就捡回附近的石头。据说这样一来，下次看见、触摸到那块石头时，当时的情景和感觉就会回来。收集石头之前，她出于同样的理由，喜欢拍照片，可自从收集石头之后，她就几乎不拍了。她说，照片的话，只能截取一个瞬间，一个部分，而石头让她回想出更具空间感和时间感的影像。高桥对阿惠的话有点想不通，但觉得这样子比起花费胶卷乱拍照经济得多。对这一点，他没作声。

高桥边擦头发，边看了她一会儿，见阿惠对石头先是观看，不时靠近或拉开距离，又抵在额头，自言自语（也许是对石头说话），最后闭目不语。沙发前面的桌子上，放着一张素色的纸和阿惠喜欢的有白熊舔糖果图案的圆珠笔，纸上写了今天的日期。

“是明天面试的练习。”

高桥这么说了，但阿惠只应了句“哦”，可能还沉浸在石头的回忆之中。同居才半年，就这么冷淡。虽说冷淡，似乎对方也并非特别郁闷、厌烦自己的那种负面感觉，而是追求一种尽在不言中的气氛。印象中有那样的少女漫画。而阿惠喜欢那种感觉。她是重视氛围的女孩子。高桥不理解这一点，有点烦。不过，总之是自己喜欢人家嘛。忍耐，尤其是不热门的男人更得忍耐。这可是高桥从过去的经验中学到的恋爱法。话虽这么说，自己喜欢人家，希望说说开心的话，他在找讨阿惠欢心的话题。

“最近有点肚子啦！你看看，我都这样了。”

阿惠扫一眼这边，算对高桥的话作出了反应，但说了声“噢”，目光马上又转回到石头上，高桥又开始擦头发了。接着，阿惠像是想起了什么似的，又望向高桥这边，她的视线对焦的是高桥的右脚。

“那里——嘿！”

一瞬间，高桥以为这个“嘿”是表示厌烦咋舌的“嘿”，但看看阿惠凝视自己的右脚，便明白那是“血”。从右膝流下来几道细细的血迹。一回头，高桥走过来之处，染得点点是红。右膝有一道约四厘米的口子，鲜血从那里不断流出。那血黏稠得很。

“流血了！”

“说得那么满不在乎，赶紧擦掉！”

阿惠说着，把手中石头放在桌面上，然后麻利地把放在沙发边上的纸巾盒拉过来，一下抽取好几张，开始擦拭地板——而不是右脚上的血迹。哟哟，不行。你看，擦不掉。阿惠嘴上唠叨不停，她折叠红了大半的纸巾，用还算干净的一面擦地板，又抽取了好多张白色纸巾后，这回对地毯又拍又打，最终纸巾团大得像个西瓜时，她嘀咕一句“唉——去不掉”，停止了动作，眼盯着地毯的污迹。忽然她又马上站起来，拿起斑斑红点的纸巾团去厨房，取了做抹布用的旧毛巾和洗涤剂回来，这回她弄出泡沫，重复擦拭着血迹。阿惠四肢着地摆弄着地毯，有点儿生气地问：“你怎么会弄成这样？”高桥盘腿坐着，边用纸巾擦拭膝头流出来的血，边看趴着的阿惠，边色色地想象。他急忙回答道：“噢，明天面试，所以我剪了头发。”

伤口附近血仍在流，虽然少了。液态的血轻易就能拭去，但流到脚下的血开始凝结，虽一擦就淡了，但洇开了，总去不掉。的确难去掉。高桥把红红的纸巾往桌上一丢，走去浴室。

刚才还白蒙蒙的空气已被排气扇抽走，浴室里视界清晰。往伤口下方浇浴缸里的热水，凝固的血迹轻易便去掉了。白色热水混杂红红的血，形成一条红色丝线，扭动着流入排水沟。这时，阿惠过来浴缸旁的洗脸台洗抹布。

“剪头发怎么会那样？”

“也没什么大不了的啦。”

“你说没啥大不了，可伤口不小哩。看着难受——你不疼吗？”

为清除伤口周围的血迹，高桥蹲下身，屈起的膝头，露出红红的、肉乎乎的伤口。

“不疼。比起刚才是有点疼，也没什么感觉啦。不过呢，你听我说一下嘛。刚才这肉乎乎的地方雪白，哦，不，有点儿粉红吧。有点像买肉时带的肥油呢。就是那种感觉。我最初不明白发生了啥事，割伤了膝头，心想麻烦了，不好办；可是嘛，一点也不疼，而且当时没怎么出血，可眼前明明有一处看上去挺疼、挺难看的伤口啊。好奇怪的感觉。事情挺麻烦的，可我另一方面又很冷静地看着自己膝头，感觉好像不是自己的脚。真有点亢奋啦。”

高桥为明天面试而难得地剃掉了邋遢胡子，现在嘴巴干干的、红红的。

“是吗。我不大明白，但挺好嘛。”

阿惠涂了润唇膏，她亮晃晃、有立体感的嘴巴说道。

“可是，你剪发怎么割到腿呢？”

“就是说嘛，用平时那把刮胡刀削发，刮胡刀上粘满了头发，我想弄掉上面的头发，一甩刮胡刀，就割到了。割得还挺潇洒，不是‘嘎嘎’的感觉，是‘唰’一下。不，也不对吧……那时候呀，静悄悄。割到的瞬间，就像时光停滞了一样，寂静无声。看得见里头绽开肉乎乎的东西啦。——嗯？怎么会这样？那感觉。电影上的砍人，喷血、惊呼，那是骗人的啦。割得漂亮时，那可是无声无息。真的。令人兴奋哇！”

“刚才听你说过了。”阿惠说着，把抹布晾在洗脸台一头的小小晾晒架上，返回客厅。“说过了——嘛。”高桥小小的声音碰到浴室墙壁，无路可走，星散消失。高桥小心擦干洗好的脚，追随阿惠而来。地毯上的红点虽然不见了，但并非完全消失，而是变成了果汁污迹似的遗留下来。

“你别老干蠢事了，又没有保险证。——贴上创可贴，那模样看见了难受。”

阿惠收拾散落桌面上带血的纸巾，丢到垃圾桶。桌面上不知何时放了创可贴，高桥拿来贴在伤口上。创可贴的胶布比伤口略小，但伤口的血已经凝固，不流了，关键是不疼，所以高桥漫不经心地直接贴在伤口上。

“好温柔哟。这片创可贴让人感受到比大海深、比伤口深的爱啦。虽然好想接受这份情，把阿惠摁倒，但今天办不到了吧。你瞧，膝盖不能着地，说是不疼，触碰它还是疼哩。好遗憾！”

高桥做个会心的笑脸，阿惠说声“对呀”，坐到沙发上，拿起桌面上的石头，开始打量起来。已经两个月没有性事了。而且近来一提及性的方面，就要吵架的样子，所以高桥迅速撤回寝室。他刚穿上扔在床上的针织裤头，就听见阿惠喊“哎”，他便边穿 T 恤边返回客厅。

“怎么啦？”

阿惠还是刚才的姿势，她瞥一眼返回的高桥，向高桥伸出一只手。这只手里头，握着一块直径（其实也不知该从哪儿算到哪儿）约三厘米、到处棱角、灰色带黑点的石头。

“这个。”

“这个？”

“你看呀。”

“看了。”

阿惠心急气躁地从沙发站起来。她把手上的石头递给高桥。

“再仔细看看。”

捡回来还没洗吧，石头表面带着细沙，不光滑。说它棱角多，那些角也各不一样，起伏丰富复杂：有削过似的尖角，有圆圆的角，或者看似是角，其实是附着了其他东西，而变成了角。

“好石头。”

高桥言不由衷，连他也不清楚，石头是否有好坏。

“不是说那个。——这里沾了血。”

阿惠指出的一个角变成了黑红色。高桥原以为那是石头的纹路，没有察觉是血。恐怕是从高桥丢在桌面上的纸巾沾上的。

“你拿去洗洗。”

“为什么？”

“是你的血嘛。”

“也对。可我是伤号呀。”

“可你不疼嘛。那是个奇迹般的伤口嘛。”

“也没到说‘奇迹’的分上。”高桥用阿惠听不见的声音嘀咕着，拿起石头走去洗脸台。

血迹一洗就掉了，石头表面粘的沙子、污迹也一起洗掉了。用毛巾包起那块石头，擦干，再打开毛巾，洗掉了沙子和血迹的石头，并没有像宝石般闪亮，也没有像什么蛋似的诞生一只奇异生物，也就是平淡的石头而已。高桥返回客厅，把石头放在桌面上。刚才染了血的样子，蠢蠢欲动，令人产生不祥之感，不挺好吗？平平淡淡一块石头没意思。阿惠在刚才那张纸上写东西，对高桥说声“谢啦”。阿惠写的是“捡石头日记”之类的东西，她写下捡到时的情况，和石头一起存放起来。高桥也曾说，那就只写日记也行吧，可人家说“那不一样”，置之不理。

“这石头带血更好吧？”

“为什么？”

“我不是在写日记类的东西吗？那么，‘泡澡时被刮胡刀弄伤’，也真算一则奇闻，而这块石头置身那个刺激场面，就让它带着血，记下‘沾上了阿渡洗澡受伤的血’，这一来，就是两个人的回忆——两人专有的记忆了吧？我觉得，把它作为两人含蓄的爱情结晶留下来，挺好的吧……”

高桥又浮现了会心的微笑，但阿惠没笑，只是灵巧地骨碌骨碌转动指间的钢笔，她视线移动的次序，依着纸张、电视机，到空中，再到高桥的膝盖，然后是电视机、石头。她嘴里“嗯”一声，在想着事情。

“说起来是不好听。可是，也确实吧……确实是吧。沾了血也是今天发生的嘛。留下带血的石头，也会有的吧。”阿惠像是自言自语。

“对吧，可惜了。”

在高桥说完以前，阿惠拿起石头从沙发站起来，在地板上坐着的高桥旁边蹲下，拉起他右边裤脚。“你干什么？”高桥稍微抗拒了一下，但阿惠一句“还有血吧”让他愣住了，便由得她了。阿惠撕开高桥的创可贴，把石头按在那个地方。随着痛楚，干了的伤口又开始渗血了。阿惠让石头蹭上血，笑着说“谢谢”，返回沙发上，拿起钢笔又在纸上写起来。

“明天面试吧？早点睡为好。我明天是夜班，你先睡好了。”

高桥看了一会儿又开始冒出来的血和阿惠，发现时针已经过了一点，就重新贴好创可贴，上床去了。

高桥逆着水流的方向，走在沿江路上。有大学生坐在江边长凳上练习吹小号，隔着耳机听得见漏气的号音。因为昨天的伤口与裤子摩擦会疼，他右脚不使劲，慢慢蹬自行车。他想，那号音跟听的曲子没关系，不知为何感觉挺好的。因为蹬了三十分钟了，出了点汗，他松开领带，让风吹进来。满眼是不知名的杂草，散步的长毛狗，度过了新生欢迎会及黄金周、稍微安顿下来的几组大学生情侣，和河水的颜色，作为一个整体，令人有初夏的感觉。

落选了吧，高桥心想。原想今天该用“我”的，岂料初试就有五位面试官，因此太紧张了吧；或者因为一开头其中一人就发言批评飞特族[①]，于是就畏缩了吧，最终说成了

① Freeter，即自由职业者。

“鄙人”。话一出口，这个总觉别扭的“鄙人”，渐渐就“鄙人呢……鄙人呢……鄙人呢……”起来，干扰了自己，这样一来，感觉也好，对话也好，都乱七八糟了，连前一天练习过的也忘了，最终一位面试评审说“你也不小了，该当真考虑一下找工作的事”，这其实是“我们公司不会录用你”——完全不予考虑的意思。高桥再扯松一点领带，忍痛蹬得快一点。

回到家，阿惠已经出门，桌上有一张字条：“忘了今天中午也有兼职。晚上也要打工，所以不要煮我的晚饭啦。有空的话，找一下猫。”高桥到寝室换成针织裤子和T恤，脱下的西服在房间一角的衣服架上挂好。衣服架旁边的钢架子上摆着一溜石头。以前这里摆的是高桥的CD和书，自从阿惠收集石头之后，就成了石头陈列架。阿惠每次捡回石头，高桥的书和CD便顺次被移到下一层。现在，五层的架子已有四层被石头占据，高桥那四层里的东西，不得不堆到最下一层；放不下的东西，就无所谓地堆放在架子旁的地板上。高桥从排最后的、昨天沾了血的石头下，抽出便笺纸。

X月Y日

今天，在美味蛋糕店“果果”前的树下拾得此石，是上班前和客户去的。店里的柚子夹心蛋卷放了草莓和蓝莓，堪称绝品。当晚沾了阿渡的血。

读完了，他把便笺纸放回石头底下。便笺纸上，记下了高桥所不知晓的阿惠的日常生活。只是从便笺纸放的位置来看，明显是不妨为人所知的内容，不会是全部。为何特地将便笺纸放在看得见之处呢？高桥凝视着几排石头。可能这些家伙比我更加了解阿惠。他对此有点儿嫉妒。高桥没心思再看石头了，穿上衬衣出门，见对门的山本大婶在清扫大门口。

“哟，是高桥，出门呀？”

高桥和阿惠搬来这个排列着相似平房的城市，唯一有交往的近邻，就是山本大婶。几乎所有邻居都觉得没有正式工作的高桥二人形迹可疑，只有点头之交，惟有山本大婶从一开头就很爽快地搭话。起初高桥烦她说话直通通，但每次见面她都搭话，不知不觉中高桥二人有时也主动跟她说话了。似乎山本大婶的儿子也跟高桥年龄差不多，在东京大学毕业后，没去找固定的工作，晃晃悠悠说要当电影导演，因此她也没视高桥为异类。

“对了，刚才见你穿正装回来，找到工作了？”

“还没有呢。”

“快找好工作，让阿惠开心呀。阿惠晚上很晚回，比你干得多吧？”

山本大婶没有动扫帚的意思，似乎要跟高桥聊聊的样子。

“那可不行哩。该振作啦。对了，之前电视上有说，嘴里衔一双筷子，每天练习五分钟做笑脸，就笑得自然了。我之前就感觉到啦，你有点儿不够和蔼可亲。练练笑容。第一印象很重要——面试官在电视上说的啦。——你从今天起就练练。”

高桥没法说自己看了同一个节目，已经立马付诸实践了。

“是吗。那我试试看。啊，我得走啦。”

“你去哪里呀？”

“去找找猫。”

“你还在找呀？好悠闲——找工作比找猫优先啦。”

“可阿惠说找找看。大婶看见过吗？”

“那只猫，之前还不时见它一闪而过，最近完全见不到了。去别处了吧？”

“是跑掉了，所以找它呢。那我出发啦。”

再扯下去，这山本大婶恐怕又倒腾出什么话题了。高桥急忙跨腿上车，说声“再见”，左脚一蹬地面。

心里还想着完全无效的衔筷子练笑容法，就到了图书馆前面。这里是北区的中心位置。高桥为了找猫，从网上打印了地图，以住处为圆心画了一个半径一公里的圆圈，把它东西南北四等分，找猫的日子，每天跑完一格。之所以定半径为一公里，是高桥的自作主张：那么懒的动物走不了多远。这两个月来共找过十二天，也就是说，四格都已找过三次了，今天是第四次在北区搜索。迄今的收获近乎零。只一次在南区见一只相像的猫走在民居的围墙上，但想靠近看，骑车过去时，警惕的猫逃进了自行车不通行的小巷，他想追，停好自行车时，那猫已经不见踪影。高桥考虑到上下自行车的缺点，自此总是步行找猫，以便随时可以追捕。

他把自行车停在图书馆的自行车停车处，开始走动起来。他决定今天先往北走。市镇像一个围棋棋盘，道路笔直，住宅、停车场、杂居楼、住宅、停车场……两边街景如此这般一成不变地重复，高桥就在此中寻找小猫。说是在找，可高桥对猫的习性一无所知，对这种生物会在什么地方走动也不甚了了，充其量就是在那一带转转而已。那猫原先也不是自己养的。它是一只野猫，约两个月前从窗口溜进来，不走了，阿惠很高兴，买猫食给它，但它过了一周左右，又不知上哪儿去了，一去不回头。就那么一只猫而已。对于高桥，这事无所谓，但阿惠无论如何都想找回它，高桥便勉勉强强出来找。

寻找猫中间，高桥想起有一部电影叫《小猫失踪》，他实在想不起导演是谁，很不甘心，从兜里掏出手机，要问问喜欢电影的设乐。

“怎么了？”传来设乐没睡醒的声音。

“你在睡觉？”

“没有。起来了。”

“这是工作日的大白天啊，你真是！”

“别烦人。哎，啥事？”

“没啥事，那个《小猫失踪》的导演是谁？”

“这是工作日的大白天啊，没别的要问吗？”

“工作日的大白天，没啥问你的。”

“有啊。那个嘛——之前的电视节目，说嘴里衔着筷子练习笑容，会有一张成熟的脸，人家公司爱录用呢。你试试看？”

“我说你，要那样就能找到工作，你早就在工作了。”

“也是。说着就想起来了——那导演。是塞德里克·克拉皮斯①吧？”

“噢噢。你看过那电影吗？”

“看过啊。”

“怎么样？有趣吗？”

---

① Cédric Klapisch（1961—　），法国导演、编剧。

“我也是大学时看的，记不大清楚了。好像是一个找猫的人寂寞地寻找自我的电影。噢，因为你正在找猫吗？”

“没错。”

“呵呵，你也在寻找自我？呵呵，怪不得怪不得。快找快找！把自己好好弄清楚，可能会有好事哩。”

传来设乐的嗤笑声。

“呵呵，我来找啦。找找猫和我自己。说不定跟大便一起拉在那边了。”受设乐的笑声传染，高桥也哼哼着笑。

“好，总之弄清楚了，是克拉皮斯嘛。Thank you.”

“嗯。哎，猫无所谓啦，明知靠不住，你也试试那衔筷子吧。”

“好吧，上当一回试试。”

“还有，这么长时间，跟阿惠亲热过了吗？”

“没——有啦。就这样吧。”

电线杆周围，摆着撕去商标、装了水的塑料瓶。这大概是有人摆着防猫的吧，高桥踢倒了其中一个瓶子。跑到家里来的猫，大模大样就睡在矿泉水旁边。这些人也受骗了吧。又踢了一个瓶子，它发出吱吱吱的声音，横着滚到一边去了。拿购物袋的大婶和西装革履的大叔对高桥侧目而视，走了过去。高桥一下子惭愧起来，拐进一条岔道，而这条笔直的路也展现着同样的景色。

“怎么样？”

阿惠一边对镜卸妆，一边说。

“没有啊。”高桥好不容易才入睡，又被回家的阿惠弄醒了，他一边抬臂遮挡晃眼的光线，一边答道，“影子都没有。”

“不是那个，我说的是面试。”

“可能更糟吧。”

“是吗。”正在不遗余力仔细卸净细微处的残妆的阿惠表情怪异，她从镜子另一头说道。

“对了。原本明天休息，改成上夜班了。今天那家伙来了。他说明天也来，我只好上班了。”

“‘那家伙’是谁？”

眼睛习惯了光线，高桥散落的意识渐渐收拢起来了，他稍微欠起身，背靠着床背。

“乌迷呀。”

阿惠向高桥转过卸好了妆的脸，有点不耐烦地说。

“那家伙烦得很。有段时间没来了，最近情况又好了吧，天天跑来。就一个上班族，好像很有钱。他老约我，我就讨厌他，不理他。妈妈桑也说别理他。真是个烦人的家伙。唉，明天不想去。那我去洗个澡啦。”

阿惠卸了妆，说了想说的话，爽快了，她面露笑容走出寝室。也许是阿惠的衣服、头发熏的吧，房间里有了居酒屋的烟酒混合味儿。高桥被那味儿刺激，从阿惠放在小桌子上的烟盒里抽出一支烟点上。因空气不流动，嘴里吐出的烟没飘散，似乎在脑袋上方变成漫画对白框。在这个对白框里头，高桥想起了叫“乌迷”的男子。这名字或来源于“海”，或来源于该男子流脓[①]，他自称“我脑瓜子里积了脓”，整天流着黄鼻涕，喜欢亮给女孩子看，恶心人家，于是被店里的人喊作“脓包”。“乌迷”是阿惠店里的熟客，好像是出名没品的人。他对每个女孩子都动手动脚，实在烦人，都有几个女孩子因为他而辞职不干了。而他现在盯上了阿惠。房间一角的空气清新机感知到烟雾，突然启动起来，对白框似的烟渐渐消失了。高桥把抽了半截的香烟在烟灰缸摁灭了，听着空气清新机的声音睡着了。

阿惠摇醒了高桥。已经过下午一点了，但连日深夜在工厂兼职打工，生活完全日夜颠倒，加上今天也是夜班通宵，睡着是在三个小时之前。高桥还想再睡一下，但难得跟阿惠休息日对上，于是就起床了。因为阿惠说想去看电影，高桥嘴里嚼着面包，上网查电影院的排片。得悉在美国获奖的大

① 日语“海”读作 umi，“脓包”也读作 umi。

热影片放映时间正合适，二人便决定去看它。做出门的准备，是阿惠回寝室，高桥去浴室，洗个淋浴好清醒一下。高桥好困，连站着都累，便坐在凳子上淋热水。膝盖的伤口被白白的、软塌塌不像话的皮肤覆盖着。一触碰，白色的膜破了，露出下面黄黄的脓块。看了一下，感觉很不好，他就用热水冲掉它，洗把脸出了浴室。他在对镜打扮的阿惠旁更了衣，一边看电视一边等待。过了一会儿，随着一声“我好啦”，阿惠身穿有帽的上衣配牛仔裤来到客厅。高桥觉得她样子可爱，就说了“好可爱”。阿惠对此只是冷淡地“嗯嗯”而已。去电影院的同时也找猫，二人步行出门了。路上看见几只猫，但都跟那只猫不一样。

工作日的中午，电影院很空，但这部片子大热，还是坐了一半人。高桥和阿惠快开映才进场，领位员说中心区后面看起来舒服，但二人都不喜欢狭小拘束，在边上的空位子就座。场内随即暗下来，一直吵吵嚷嚷的声音安静了。高桥一看昏暗中的银幕，可能是睡眠不足吧，一下子发困起来，他一口气喝干买来的咖啡，但到阿惠“喂喂”地摇醒他时，银幕上播放着演职员表，好几名观众已经迈向出口。

“怎样了？”

因为用了一个怪姿势睡，高桥肩颈酸疼，他一边扭动脖子，一边问阿惠。

“没怎么样啊，一般般。”阿惠说着，端起咖啡。电影院所在的商城一楼还有咖啡店，刚才在电影院里见过的几对大学生情侣和三个一伙的年近三十的女性边聊边翻着电影介绍小册子。高桥问阿惠最后的结局，回答是“都死了，除了那女孩”，高桥连她说的是哪个女孩也弄不清，于是明白自己从电影开头就睡着了。阿惠说还想看一部片子，高桥拒绝了，理由是脖子意外地疼，脑子也不清醒。他提议租片子回家看，为表歉意说好买好几个她喜欢的蛋糕。

出了咖啡店，二人前往租片子的店。高桥决定租《小猫失踪》的片子。阿惠另加上两部小田切让主演的电影，一共租了三部片子回来。路上在蛋糕店买了芝士蛋糕、鲜奶油蛋糕和水果夹心蛋卷；在超市买了晚饭的肉菜。到家一看，邮箱里有前些天高桥面试的公司的信封。从信封的分量，明白里面是不录用的通知和退回的履历，他没有启封就搁在鞋柜上面。

高桥播放电影，阿惠把三个蛋糕摆在桌面上，依次尝一下，每尝一种都说“好味道”。高桥躺在沙发上，边抽烟边看屏幕。随着时间过去，高桥哈欠连连，约过了三十分钟，他就对阿惠说“没意思”。阿惠已经把蛋糕都吃掉了，边抽着烟边说“谁叫你看那个”，高桥答“是吧”。不过，想来以寻找失踪的猫作为故事，是有点儿单调没劲，高桥又说了一遍

“的确没劲”，把脑袋搁在沙发扶手上，闭上眼睛，还是睡眠不足吧，他马上睡着了，发出了鼾声。

高桥再次醒来时，外头已经暗下来，电视机关了。看阿惠在厨房里做饭，高桥站起来，走去洗脸台洗了把脸。

“怎么样？”

高桥又拧拧脖子。

“什么怎么样？”

阿惠试试汤的味道，说道。

“电影。”

“挺有意思的。”

阿惠对电影挺挑剔的，她都说了“挺有意思”，应该是相当有意思的影片吧。

“是嘛。找到猫了？”

“找到了。”

“是嘛。那就好了。”

“那是电影嘛。可玛丽就是找不着。”

阿惠那么说着，从电饭锅往碗里盛了饭，把碗向高桥那边一递。然后，她一边把自己的碗放在桌面上，一边嘟哝道：“那家伙真是。”也不知有何来历，反正阿惠要养猫时，就已经定好了叫“玛丽”，就这样取了名。

“做个招贴怎么样？”

“什么招贴？”

先吃完的高桥抽着烟。阿惠往嘴里送一口饭，用变了调的声音答道“猫的”。

“猫的招贴？还挺烦人的啊。”高桥马上后悔自己脱口而出的话。阿惠咽下咀嚼的东西，放下筷子。

“你说‘烦人’？”

高桥把烟蒂在烟灰缸里掐灭，在沙发上坐好。

“咳，是说了，但不是真心的啦。与其说‘说了’，不如说是应了而已，没有意思的。不好意思。”

阿惠讨厌“烦人”这个词。说实话，是讨厌高桥嘴边挂着“烦人”这个词。开始同居后，高桥才知道阿惠有不少禁忌的话，他自此以后每天小心翼翼，避免踩入雷区；但唯有这句“烦人”，似乎牢牢粘在这位天生懒人的心底，无意中就溜出了口，每次都挨阿惠训斥，高桥听得很烦。

“我也不是说，你要去找事情做。我只是说了你去找找猫而已。我当然明白这事有多烦。你用得着老说‘烦人、烦人’吗。真没多烦的事情，你一句‘烦人’说出口，就真变得很烦了。明白吗？我之前就说了，即使不是真心地说了消极的事情，思想在无意识之中，就走向消极了，不知不觉间心情很差，进入了一种恶性循环之中。你要说那就‘很烦人’了，可我呢？说是打工挣钱，给那老兮兮的大叔劝酒、讨他欢心，就不烦人了吗？我要是每次都‘烦人、烦人’地说，没完没了了吧？这是没办法的呀。既然这样，与其随口说‘烦人’，不如假装也好，说些向前看的、有建设性的话更好，对吧？你有空的话，找找猫还是可以的吧？”

阿惠说完了，站起来走去寝室，使劲关上门。寝室里传出很响的红辣椒乐队的曲子。高桥听了，无奈地按下电脑启动键。他想起阿惠反复阅读的励志书上，有两页加了附笺，说的是“语言会反作用于自己”、“怎么说，就会变成怎样”，和阿惠刚才说的大体相同。他启动了电脑，上网，在搜索栏输入“小猫失踪”搜索，于是出现一大溜电影《小猫失踪》的个人评论和DVD出售网页。高桥不理这些，往下翻页，见有关于寻找小猫方法的标题，就点击了网址。首页上面，有对来本网页的失猫者表达同情的话，然后说网页管理人也曾失猫，但在自己家人拼命搜索和邻居众人协助之下，终于找到了，所以各位不要放弃。之下有猫的照片。高桥依照目录顺序，对猫的习性和寻找指南浏览一过，对这一句话感到愕然：“猫的行动范围较大，寻找时，以家为中心、半径五公里左右的范围为宜”。他打开地图，确认了半径五公里的线，几乎是整个市镇。——怎么可能！咱这闲人好不容易才找了半径一公里的范围，要找半径五公里的范围，什么人有这等闲工夫？而且其间还要偶然地发现那只没个准的猫，不可能的嘛。高桥对这部分一扫而过，点击了“关于招贴”的项目。

招贴的必要事项

猫的照片	全身照，最好有几张脸部特写
猫的名字	猫可能会忘了，且备用
猫的特征	性别、颜色、大小、叫声、走路模样、身体特征（伤痕、尾巴等等）
联系地址	住所、姓名、电话号码、电子邮箱地址等等
悬赏金额	假如有的话（不要勉强，但有的话容易收集信息。经验之谈）

高桥下了网，从抽屉里取出数码相机，用USB线与电脑连接上，转入阿惠之前拍的猫的照片。尽管小猫只在家中待了一周，可照片拍了约有七十张。高桥从中选出三张不同角度的猫的全身照，打开word，把照片贴上去。他想在A4大小的文档上贴三张照片，但这样照片就小了，不好安排，于是减掉一张。他决定用正面和侧面的两张。把两张照片横排，在下面输入流行的字体：“寻找失踪小猫”。但就找猫而言，这种字体太可爱了，感觉没有悲怆感，就把字体改为明朝体了。

（名字）　玛丽（年龄不详）

（特征）　雌性，白中带黑色和茶色的花猫，尾巴是断的。

往下要再输入联系方法时，他脑子里掠过一个念头：不会来骚扰电话或者恶作剧邮件吧？现今乃个人信息就是钱的时代，为了找猫就奉献自己个人信息值得吗？可没有联系方法，肯定收集不到必要的信息，又想，反正谁也不会看这样的东西，最终他决定附上电子邮箱和固定电话的号码，认为这样子即使受害也较轻。他打印了一张做好的招贴，浏览一下。他不是很会用 word，两张照片有点儿偏离中心，但也不太坏，当然也没觉得很好。整体上看朴素。即便改变背景颜色，用明朝体也还是太显眼。还是刚才的字体好？他再改回流行字体，打印出来。虽然比明朝体感觉略好，但引人注目一些为好。高桥盯着电脑，删去猫照片之外的文字，决定把它打印出来，在上面加上手写文字。他从抽屉取出中号油性笔，在照片上写了“正在寻找小猫”。感觉仅此不能传达自己的迫切心情，就在前面加上了“我”，成了“我正在寻找小猫”。只是加上主语，就相当程度体现了迫切感。好，就索性弄个对白框，在句子中插入“真的”，变成“我真的正在寻找小猫”。紧迫感扑面而来，高桥满意了。在照片下面，他手写了猫的名字、特征，还有联系方法，最后在联系方法后面加上一句“请别恶作剧”，画了猫的小图。比起刚才的招贴，略微歪斜走形，但有味道，要紧的是醒目。高桥觉得，比起数码的，模拟的更有力量啊。做完了一件事情，高桥抽着烟，从电冰箱取出发泡酒，边喝边打量了一会儿招贴画。

“不该是‘我’吧[①]。”

高桥嘟囔道。“我”怪怪的。“我”的话，女人似的。没错阿惠是女的，但未必没有笨笨的家伙以为是女的，就打来骚扰电话。即便这有点多虑，还是别用“我”为好。那就“仆”[②]？嘿，我都年近三十了，“仆”有点那个。那就“咱”？“咱真的正在寻找小猫”——没这样说的吧。嗯，还是这样好？怎么定？

高桥躺靠在沙发上，闭上眼睛灌发泡酒。高桥佩服设乐，他老说“找猫就是找自己”。发泡酒越喝苦味越大。高桥拿起桌面上阿惠吃剩的炸丸子吃，又喝起发泡酒，在沙发上躺下了。不知是否“寻找”一词引发的联想，他不知不觉中唱起了井上阳水的《到梦中去》。跟阿惠跳跳舞，比这样更强。高桥唱完一段，站了起来，又打印了一张只有照片的招贴。他

① 即日语里常用的“私（watasi）”，男女均可使用。

② 日语里男子的自称，主要是成年前的男性对同等及以下年龄的人使用。

顺手在网上英日辞典搜索“寻找”，这回在照片上写下“I look for my cat！”“OK！”高桥说道。我要的是“I”，是凌驾于“我”、“仆”、“咱”的“I”。咱要是外国人，面试就没啥烦恼的了。高桥想着，在照片下面写上特征和联系方法，画上猫的图。招贴完成了。动手做一下，制作招贴也挺有意思——高桥点上一支烟，只在烟酒交融中沉浸于目标达成的快意中，但阿惠的声音妨碍了他。

“哎。”

从她的音调里，高桥想起了阿惠原先在生气这回事。他后悔埋头于制作招贴，把阿惠丢在脑后了，还喝了酒。阿惠手持今天捡的石头和便笺纸站在跟前。从她的表情看，余怒未消，只是压抑着，处于随时要爆发的状态，开始醉酒的高桥也明白这一点。

“你来得正好。你看。”

高桥笑着让阿惠看做好的招贴。

“这是什么？”

“嘻嘻，咱也反省了，向前看嘛。试制作了招贴，用来找猫，怎么样？”

“怎么样——你这是开玩笑吧？”

阿惠从高桥手里拿过招贴，坐在桌子侧面。“为什么用英语？”阿惠说着，放下那招贴，拿起下一张。“什么‘我真的正在寻找猫’——‘我’和‘真的’都不需要吧？一般都写上这些吗？”阿惠从桌面的纸张里拿起最先制作的那张招贴。

“嗯，这个不是挺好吗？”

“那个，太素了吧？”

“素的也行吧，不过确实素了点。”

阿惠看着招贴，把剩下的炸丸子送进嘴里。

“噢，你是挺卖力的。确实得动起来。或者问问设乐君？他干这种事情相当在行吧。问问专业人士？”

阿惠说着，把高桥制作的招贴归到一起，放在桌子边上，摆开自己拿来的石头和便笺纸，开始写今天的事情。

完成盘货的兼职，回来的电车上，高桥给设乐发了电子邮件，问可否现在去他家，请教怎么做找猫的招贴。设乐马上回复了“可以”。可能因为是傍晚，电车里有许多中学生。高桥对面并排坐着三个女高中生，但这三人都埋头于自己的手机，手指头不停地动，高桥弄不清她们是朋友，还是素不相识的人恰好坐在一起。明白她们之间是朋友，是在高桥要下车的站，一个女孩子站起来的时候。另外两人察觉她的动静，说了声“友子明天见啦”。友子和高桥一起下了车，直到电车快开动了，她还看看手机，看看电车里的二人，向电车里的二人挥手，但电车一开动，她随即把手机塞进书包，不再看手机了。高桥心想，也许友子一条电子邮件也没发吧。

设乐家旁的自行车停车处停了六辆自行车，从车子的种类看，可知住这里的人都在家。设乐房间向马路的窗户开着。进了大门往里走，每走一步走廊都吱吱作响，踏上楼梯，半途就听见高桥不熟悉的摇滚调音乐。上完了楼梯，连人的说话声和弹古典吉他的声音也听见了。设乐在旧木屋租住。这所房子里，住着房东和五位男子。其中两人是学生，其余的包括设乐在内，都是飞特族。高桥打开紧靠楼梯的设乐房间的门。里面有两个男人，是设乐和山内。

“嗨。”设乐说道。

“哦，高桥君，好久不见了。”山内说道。

“好久不见。这送你的。”

高桥把装发泡酒的便利店袋子放在桌上。两台台式电脑放在并排的桌子上，设乐和山内各自面对一台。“你等一下，我们马上就完。”高桥听设乐这么说，从自己带来的袋子里取出发泡酒，在跟桌子相对的床上坐下，随即躺倒。

设乐和山内之后也不多交谈，继续他们的活儿，咔嚓咔嚓地敲键盘、点鼠标。山内有工科研究生毕业的证书，盲打飞快，令人想到快弹吉他或即兴弹奏钢琴。如果键盘每个键都各带有声音，山内的盲打就是一件不得了的事情吧，高桥一边翻阅床边的色情杂志，一边想。二人似乎合作在网上挣钱，但具体是干什么，设乐没说，高桥也没细打听。总之每月都有约三十万日元收入。在大学精通了电脑的山内，和毕业后在东京干了三年设计公司的设乐，彼此互补，共同生存。设乐曾说，山内好像靠网络股赚了，存款约有一千万日元。人不可貌相，每次见山内，他都一身针织衫，高桥望着他敲着键盘微微摇晃的背影，实在看不出他是个有钱人。高桥拿起第二本色情杂志。

“今天就先到这里吧。”

约过了四十分钟，椅子转动的声音和山内的说话声同时传来。高桥无事可做，已经是半入眠的状态。“那就再联系啦，”山内说着站了起来，“这个我拿走啦。”他说着，从高桥拿来的袋子里拿走罐装发泡酒，出门回自己房间去，高桥闭着眼睛也知道。

“哎，起来啦。”

高桥睁开眼睛。

“完事了。”

设乐不知何时起喝起了发泡酒。高桥也坐起来，喝了口桌上打开了的发泡酒。酒已经不冰，气也跑掉了，刚睡醒的脑子只感觉到苦涩味儿。

“不好意思啦。什么事？”

“什么事——对，对，招贴。”

“招贴？”

设乐把坐着的椅子弄得咕噜咕噜转。

“对，想请你帮我做一下找猫的招贴。”

高桥从包里拿出昨天做的三张招贴，递给设乐。设乐连座椅移近来，拿过招贴，迅速翻了翻三张招贴作比较，对其中一张打量一下，嗲嗲地说：“这个很棒呀。”这是高桥手写的那张。

“确实是这张不错吧？”

高桥高兴地说，但设乐又嗲嗲地说：“呵呵，你嘲讽自己闲着没事找猫的姿态好棒。就按这路子来？”他说起来一副瞧不起的腔调。高桥生气了：“我特地过来，就是想做不是这样子的。”高桥从设乐手上夺过招贴，把一张有猫的照片和必要事项资料的 CD 丢在桌面上。

“抱歉抱歉，可这个面目一新，挺好的呀。”

“别理那个，赶快做吧。”

“这是求人办事的态度吗？”设乐嘟嘟囔囔，从抽屉里取出 Mac 的笔记本电脑，放在桌面上。设乐启动了电脑，把 CD 放进去，打开 Illustrator 和 photoshop 软件，开始不停地动鼠标。高桥又躺倒在床上，随手从床下的书中捡起一本漫画，看了起来。

“说是坂井回老家了？”

设乐说话时盯着屏幕。

“真的？我一无所知。”

高桥把漫画放一边，欠起身，看着设乐。

“好像是。我也只是之前收到邮件，详情不清楚。总之说决定回去。好像下月底或下下月初回来。这样子，浮浪会的成员又要减少了。”设乐的手离开了鼠标，拿起发泡酒，望向高桥。所谓浮浪会，是只限大学朋友中是飞特族的人才能加入的无聊聚会，标榜“不劳”和“浮浪”①，每两个月聚一次，喝喝酒而已，是个极其贫瘠的团体。大学毕业时约有八个成员，随着时间流逝，因就职或回乡工作，相继有人脱离，现在就只剩高桥和设乐，还有坂井、井上四个人了。

“哦，你怎么样？求职顺利吗？”

“再加把劲吧。”高桥叹口气，答道。“加把劲哇。”设乐也叹气。

“要不就来我这边怎么样？感觉你再找也没啥好的了。也不适合你嘛。在这边挣到了钱，就没问题了吧？别那么拘泥那边吧？不是那种时代了。”

设乐好几次邀高桥一起做网络业务。高桥也没特别的理

① 日语里“不劳”和“浮浪”同音。

由，只是不大情愿，就拒绝了设乐的提议，继续找工作。但他也没有理由要特别在乎就职。

“那边这边的，咱哪边都行啊。”

高桥笑着对设乐说道。

“哟，就是那种寻找自我什么的。嘻嘻。你不在那边都好几年了么。嘻嘻。”

“你也就在那边吧。那边也好，这边也好，哪边都一样。不就这和那的区别嘛。不得了的模样。谁也跑不了多远。”

高桥说着，嗤笑一下，打开电冰箱，径自取出设乐购备的发泡酒。“那倒也是。加把劲吧，浮浪会去者不追，来者不拒嘛。”设乐笑着说，又开始制作招贴。高桥也再躺到床上，接着读漫画。约过了三十分钟，山内进房间来，告诉设乐几件确认的事情，他放下鱿鱼干，说是答谢刚才的发泡酒，出去了。高桥马上在房间里的小炉子上烤鱿鱼干，房间里随即充满烤鱿鱼味儿，烟也浓重起来了，高桥便熄了火，撕开卷曲起来的鱿鱼干，蘸了色拉酱吃。

吃掉了右半边鱿鱼干时，招贴做好了。是两种招贴，一张是有点儿俗气的仿制版，像电影里那种；另一张是迷幻感的，像吉米·亨德里克斯[1]的 CD 封套。两张都好，高桥做的

---

① James Hendrix（1942—1970），著名的美国吉他演奏家、歌手和作曲人。

无法比，他便对设乐致谢，说这就能向阿惠交差了。设乐却说“其实还做了一张”，用鼠标点击一下，从打印机取出一张招贴。这张上面贴了高桥的照片，写着“我正在寻找我自己，因为我好笨”。设乐笑道：“把它一起贴上吧。”高桥原想撕了扔掉，因为也做得挺好的，便与其他招贴和刻录好的 CD 一起装进袋子。回到家，他把两张招贴给阿惠看，阿惠马上说“这张好”，定下了仿电影的那张。

和阿惠分头把约四十张招贴以均等的间隔贴遍四个区域，但几乎不见有效果。贴了招贴后一周，只来了一个电话，还是匿名的电话留言，说看见住在桥下的流浪者给一只类似的猫喂食。他想落实一下，去了几次，不见有类似的猫，反遭流浪者大叔嘟嘟囔囔地骂了一通。电子邮件方面，不出所料，只是多了一些色情网页的邮件和用英语写的、意思不明的邮件，有关猫的一封也没有。阿惠挺看得开，说“看来不会像电影里那样子”，而几天后，新的石头下放了便笺纸，写着：“连续找了两天，不见踪影，遗憾。寻找途中，见人家牵着散步的猫，好可爱。”

好歹都做了招贴，而且实在想找回玛丽，阿惠于是提议悬赏。阿惠最初说我来出钱，付五万日元吧，但高桥心想，出五万日元的话，都能买一只很不错的猫了，便建议三万日元亦可。

“如果人家真的带了玛丽来，那时作为感谢，付五万日元就行了。”

阿惠接受了高桥这个意见，最终又请设乐作修改，在之前的招贴最后加上一句话：“对找到猫者给予三万日元谢礼。”高桥看着这张招贴，有点儿厌恶感，但考虑到阿惠的心情，不能因小失大，又跑了一圈贴招贴。原想盖在之前贴的招贴上面，但实地一看，几乎所有旧招贴都连同一起贴上去的粉红色纸或残破或被撕去了。原想尽量不妨碍他人，才往电线杆等处贴的。虽觉得还得被撕掉，但无奈又贴在同样的地方了。

第一通电话来自叫吉田的老爷爷，因为他说是早上在公园里散步时看见的，便约了一早五点钟见面。高桥跟睡意搏斗着，前去约定的公园，见吉田先生一身皱巴巴的白衬衣，带着一条斗牛犬，慢慢走来。这条名字随意喊作“布鲁”的狗，没有被牵着，却以和吉田先生一致的步调慢慢走。它看来也上年岁了，皮毛没有光泽，斗牛犬特有的眉间皱和嘴角，已经松松垮垮，与其说招人喜欢，毋宁说只让人感觉到哀愁了。对方问“是高桥吗”，高桥答“是的”，吉田先生就说了声“哦”，默默在长椅上坐下来。然后，他从裤兜缓缓取出香烟，缓缓点上，用有点颤抖的手夹着慢慢抽，慢慢吐烟，慢慢闭上眼睛。高桥疑心他睡着了，没有搭话，但见他眼睛闭着，却定时弹掉烟灰，知道他好歹并没有睡着。公园里除了他们两个，空无一人。慢跑的人进入公园，马上又出去了。高桥也在长椅上坐下，抽起了烟。其间老犬离开吉田先生脚边，在公园跑了一圈，重返吉田先生脚旁；它定定地打量长椅，下了决心，一躬身猛地跃起，前足抓住长椅边缘，身子悬空，好一阵挣扎，才攀上了长椅，累了似的瞌睡起来。吉田先生抽完烟，思维这才连贯起来似的，笑着缓缓对高桥搭话：“对了，你是来找猫的呢。”

“真糟糕，上了年纪，总是磨磨蹭蹭的啦。”

吉田先生又点上一支香烟。

“马上就会来——那边。再过五分钟左右吧。”

吉田先生望的方向，正好是民居与公园的交界处，草木茂盛。高桥也望着那边，点燃了第二支香烟。不一会儿，草木下方摇晃起来，从中钻出来一条狗。

“你瞧，那不就是了？”

吉田先生笑着说道。高桥想是哪儿出错了。那条狗确实很瘦，可说有些像猫吧，但它只是一条有点像猫的狗而已。

“不是。”

高桥好不容易才说了。

“是吗，很遗憾。不过，狗嘛，都是一样的，养起来了，都挺可爱。”

吉田先生这么说着，抚摸躺在身旁的斗牛犬。从草丛钻出的狗在洗手的水龙头下，舔喝了积存的水，又返回草丛中。

“可能吧。不过那条狗跟我的狗不同，我还是再找找看吧。”

高桥用脚碾灭快抽到滤嘴边的烟蒂，站了起来。

“是嘛。你爱你的狗嘛，这样的话，它自己一定会跑回来的。因为狗是有情义的，你放心吧。”

“对呀。那咱先走一步。谢谢您了。”

高桥摸摸吉田先生的斗牛犬。

“那我也走吧。”

高桥和吉田先生一起走到公园出口，然后各走各的。公园里空无一人。

回到家，高桥说了这事，阿惠大笑。

“可能狗也行呢。”

“您在寻找猫吧。我说不定知道，请发邮件给我。”高桥收到了手机发来的这封邮件，上面没有署名，“说不定知道”的说法太不肯定了，不大靠谱，但高桥暂且回复了邮件。对方回信说“下周六下午三点，可在西区小区附近，有喷泉的公园见面吗”，高桥答复说“明白。我到时过来，麻烦您了”。

约定时间里出现的，是两个小学生，分别姓“上山”和“南”。上山君戴一顶广岛鲤鱼队的棒球帽，南君是个剪短发的少年。高桥一到，二人便上前搭话，高桥问：“你们怎么知道是我？”上山君不讨喜地答道：“感觉是。”

“见过你贴招贴。”

南君害羞地说，没有对视。他挺认生的样子，大概是个内向的孩子吧。

“发邮件给我的是哪位？”高桥问道。

“我。可写邮件的是南。因为他没手机。”

“噢。那，猫在哪里？”

“我们不知道。”

“那是谁知道呢？”

“你稍等一下，我们现在就带你去。”

上山君说着，将手机递给南君，南君用这手机打给某个人。

“哎，我是南。看见找猫的人了。所以想现在去你那边，行吗？——好，明白了。我们这就过去啦，再见。”

南君挂断电话，把手机还给上山君。

“说可以。”

“好的，那就去吧。你跟我们走。”

上山君走起来。高桥也随之迈步。南君走在高桥旁边，稍微离开一点距离。高桥知道南君在瞟视自己，心里有点儿不安。虽说一对二，但他们这么小，不至于被恐吓、敲诈吧，可要是利用小孩子麻痹人，接下来见面的是可怕的家伙，说不定会倒大霉，被打劫个精光。小孩子使这种坏一点儿也不奇怪，他们利用网络和手机，跟谁都能联系的。

“要去哪里？”

高桥忍不住问南君，南君也是同样一副不安的神情。

“嗯，是小诚那儿。”

“小诚”的称呼让高桥稍微释然。

“小诚知道猫待的地方？”

“嗯……可能不知道，但也可能知道。”

南君这样一说，走在前面的上山君回过头来——他可能在听，瞪南君一眼，说：“南，别说多余的话。”“知道啦。”南君小声答道。

“是最后头的小区，所以还要走一点。”

上山君看着高桥说道。整个小区有八栋楼，呈东西向排列，之间夹着停车场。上山君说的后头，是指东端，三人此时正走向从西面数起第二栋，到最后头看样子还要五分钟左右。

“高桥先生是大叔吗？”

南君小声问道，好像斟词酌句的样子。高桥一下子接不上话来。第一次被人问是否大叔，而且也从没考虑过……二十五至三十之间算大叔吗？的确年龄不小，可是，还从没有过“大叔”的意识——是没有，可那不过是无意识之中，避免确认自己年龄而已，而从旁看来，也许完全就是个大叔。尤其在小学生眼中更加……

“怎么样？你看我像大叔？”

“我不知道，所以才问的。”

无奈之下踢皮球，可人家照样踢回来。日常聊天时，提问一方事先会预料对方有几种回答，准备好接下去说的话；回答一方也会推测问题的意图，选择对方有思想准备的、合适的说法；这是便于沟通的、成年人方式的规则，但现在完全行不通。

“嗯……从几岁起算大叔呢？”

“那，高桥先生你过三十岁了吗？”

南君的标准挽救了高桥。

“虽然靠近三十了，但还是二十多。”

高桥这么一说，南君随即笑脸相向。

“真的？太好了。”

声音也比刚才大了、爽朗了。

“年过三十就不行了吗？”

“Don't trust over thirty.”

小学生嘴里突然蹦出非常流利的英语，高桥无法应对。

“啊，你说什么？”

“Don't—trust—over—thirty.”

南君这回慢慢说了日式英语，让高桥也能听明白。高桥听说过这话：“不要相信三十岁以上的人。”不知是谁的话，但摇滚圈里常这样说。

“你很熟悉这话呀。”

“爸爸喜欢摇滚乐，他经常这样说——三十岁以上的你别信！”

“是这样啊。可你爸爸自己，也过了三十岁吧？”

高桥有意给他出难题。不过，高桥矛头不是对他，而是对那么教导孩子的父亲。

“爸爸二十八岁。”

高桥愕然。跟自己同岁的人，已带着这么大的孩子过日子了，这现实几乎冲垮了高桥不着调的生活。

“高桥先生你没事吧？马上就到了。”

上山君独自快步向前走，消失在最后那栋楼的楼梯口。

二人也接着走楼梯，在三层有“木村”名牌的门前停下来。上山君按了对讲门铃，里面传来一声“来啦”，有人从里头走过来的动静。未几门开了，一位母亲模样的女子闪出脸来，她年约三十五，梳着马尾。

“哟，上山君，你好吗？还有南君。”

女子说着，疑惑的视线扎向二人身后那个没刮胡须、破牛仔裤配皱巴巴 T 恤的男人。挨扎的高桥想自我介绍一下，以消除对方的疑虑，但却不知从何说起，正苦于应对时，南君非常自然地撒了个谎：“这个哥哥是我的亲戚。”

“哦，是吗。初次见面，我的孩子经常得到南君的关照。啊，对了，我喊阿诚。请稍等一下。”

母亲进里面了，很快就跟一个女孩子一起出来。女孩子也是扎马尾，皮肤白皙，眉清目秀，不止是可爱，都可以称得上是漂亮的脸庞了。

“哎，阿诚，今天哥哥也会一起呢。怎么样？请大家进来，还是出去玩？”

“去外面。”

小诚这么一说，挤过四人之间，黑色马尾摇晃着，冲下楼梯。两个男孩子也跟着跑了。

“那就告辞了。”

“好的，请多关照。”

高桥下了楼梯，见三人坐在路边树的围栏边上。

“你是找猫的高桥先生？”

小诚不知何时解开了马尾，漆黑、干爽的头发垂落脸庞两侧。

“咦，你解开了头发？”

“嗯。我讨厌那种发型。因为妈妈喜欢，没办法由得她了。其实我喜欢短一点。”

“是嘛。可妈妈要生气吧？”

“没事。就说被什么东西扯散了。”

“是这样。”

上山君和南君在她两侧，不作声看着她。

“那么，小诚知道猫在哪里吗？”

“我不知道。”

“那是谁知道呢？”

“先喝点东西吧。”

上山君说道。

“明白。那我们去买点东西吧。”

高桥由三人带他走去附近的便利店。时近黄昏的原因吧，小区四处看得见提着购物袋的一家子，和看样子稍作打扮、要外出吃饭的一家子的身影。从旁看的话，自己领着三个小孩子，像个亲戚中的好心大哥哥吧？买了果汁，四人在附近广场的长椅上并排坐着喝。

“好啦，该告诉我了吧。是谁知道猫在哪里？”

三人一下子严肃起来，对视一下，耳语后点点头。南君代表三人开了口。

“高桥先生，你可以保证，相信我们接下来说的话吗？”

“Don’t trust over thirty。我不到三十，向你们保证。”

南君听了，点点头。

“那，是谁知道？”

“是猫。”

“猫？”

“小诚能跟猫说话。”

上山君自豪地说。

“是吗？”

高桥问小诚，小诚没作声，轻轻点点头。

“噢……然后呢？她说玛丽在哪里？”

阿惠一边用毛巾擦头发，一边问高桥。

“她说还不知道。只先告诉了小诚，猫的详细特征和失踪的时间地点。她说问问其他流浪猫。小诚也有手机，让她记了我的手机号码和电子邮箱，有线索就联系。”

高桥停下剪脚指甲，喝发泡酒。因为卷起了裤腿，看得见膝头的伤。伤口已全好了，但留下了潮虫似的疤痕。可能酒精作用吧，那条潮虫变得红红的。

“阿惠你信吗？”

“我才不信那种事。我的信条，基本上是眼见为实。人怎么可能跟猫说话嘛。要是有那么戏剧性的事情，这世界可就好玩多啦。”

阿惠开始吹头发，所以听不清她后面的话了。

“可你的石头呢？你说的石头的记忆，也看不见的呀。所谓石头带有了记忆，也假假的嘛。但你看见了吧，好，那也行吧……最终这不就跟小诚一样吗？就自己说感觉看得见，就说它能看见吗？而且，要真看得见，就不必写在纸上了吧？”

看来电吹风的声音让阿惠完全听不到高桥的声音，阿惠没有任何回应。“嘿，管它呢。”高桥把剪下的指甲收在纸上，团起来扔掉。

叫大西的男子让高桥不快。大西穿一套修身的西装，系一条红色方格纹领带，头发用发胶弄起，下巴颏长着胎毛似的胡须，香水洒得令人心烦。更让他生气的，是大西这家伙见过面之后，就东拉西扯了三十多分钟，一直在自吹自擂。

大西发邮件说有关于猫的信息，想见见面，于是约了在靠近闹市的车站前咖啡馆见面。高桥简单地作了自我介绍，大西从“我在商社负责海外业务战略”开始，接下来尽情吹嘘他伟大且辉煌的工作经历和业绩。看看手机，见面都快到四十分钟了，还没听见他嘴里吐出“猫”这个字。高桥点上了第六根香烟。平时高桥不这样抽烟，所以脑瓜子都有点疼了，但还是比听男子的话强。高桥的腿从刚才起一直抖得很厉害。而大西也一样。大西不知为何焦躁，落座之后一直轻轻抖动两腿。这又加速了高桥的抖腿。大西三十一岁，跟高桥没差多少，但说话口气傲慢。待进一步知道高桥是飞特族，就口气更大，将烦躁的矛头直指高桥。

“你认真考虑过自己的事情吗？——今后的情况、社会的情况，等等。就因为你们这样的人，害得我们吃亏，白白交税，国家和县里还要急吼吼搞飞特族对策，进一步白白投入税金。知道会怎么样吗？你们这样的人太多了，照此下去，国家就得出问题。你想过这一点吗？”

老套的话越发让高桥烦躁。

“明白您的意思了。今后会从各方面思考思考。不好意思，今天主要想知道，猫在哪里呢？”

大西被打断了，显得有点恼火，他这才拿起了冰咖啡喝。

"您在哪里看见了猫？"

大西抖腿抖得更厉害了。

"还能哪里？公园呀。"

"哪里的公园？"

"哪里……就那边……"

大西说的公园，就是前几天高桥和吉田先生会面的公园。高桥确信这家伙不知道猫的情况。

"您什么时候看见的？"

"什么时候……不久前嘛。"

"'不久前'大致是什么时候？"

"不久前就是不久前嘛。我可不像你那么空闲。我全副精力考虑往后的事情，之前的事哪会一一记得。"

大西用吸管一口气喝掉了剩下的咖啡。

"是什么样的狗？"

"狗？你找的是猫吧？你这是说什么呢。就那样的猫——那照片上的猫嘛。"

大西说话之间，手机铃响了。大西从包里取出手机，看清来电显示，咂一下嘴，接听了。高桥没想听他说电话，便起身去洗手间；完事回来时，大西还在讲电话。

"我就说嘛，我会赶在期限前……对……不要紧的……能赶得及，没问题……我明白啦……哎呀，咱们这样的交情，请相信我吧……噢噢……好的……明白，那月底时我过来……好，那就这样。”

大西挂断电话，又咂咂嘴。

“好的，我知道了。先去大西先生说的地方找找看。这里的账我来付，今天谢谢啦。”

高桥说着，拿过挂在桌子边上的账单，收起香烟和打火机。

“钱呢？”

“就我来付了嘛。”

“不是那个啦。谢礼的钱呢？得给钱吧？我是要钱的哩。我百忙之中特地抽时间来办这个事情嘛。花钱买信息，这是信息化社会的常识吧？”

大西嘴里嚼着冰块，说道。嘎吱嘎吱的声音一下下刺激着高桥的神经。

“根据您的信息找到了猫，我就付钱。”

高桥再次从兜里抽出一支香烟，点上。

“说什么呢？你要我啊？别小毛孩似的说话吧。”

高桥在烟灰缸里掐灭只抽了一口的香烟，站了起来。大西绷起脸，一副承受对方可想而知的下一个动作的架势，但高桥就势往他身边的位子一坐，说声“大西先生”，手搂着大西脖子。

“所谓信息化社会，是只选有用信息、抛弃胡说八道的信息的时代吧。想拿钱的话，请你把猫带来嘛。你可是个成熟的社会人呢。”

高桥说完站起来，说“好吧，这里的账我付了”，出店门而去。他都佩服自己竟然没出手，但还是骑车转了一圈大西说的公园，不过那里既不见吉田先生，也不见有猫。

回家吃了晚饭，时隔许久泡在浴缸里。还是揍了他好吧。高桥回想白天大西的事，又生气了。竟然是在自己最为放松的浴室里想起了大西，更加愤愤然。高桥沉进热水里，闭气到极限为止。到了极限，他伸出头，深呼吸，又沉进热水里。重复了二十次左右，他到了缺氧的临界状态，比预想的疲累，不知不觉中对大西的怒气减弱了。高桥暂且起身，拿了本读了开头的小说回到浴室，边读边留神不沾到水。他打开夹书签的地方，但几乎不记得读到哪里了，故事完全接不上，无奈决定从头读起。但是，他颇受打击：忘得如此干净，好像没读过似的。他忍着往下读，这时放在一边的手机响了。一看，是设乐发来邮件，说“本周日，浮浪会全体举行坂井欢送会，请务必参加”。他回复“OK”。设乐马上发回“OK”的邮件。高桥把手机放回原地，又往下读，最终在夹书签处合上书，冲洗了身体。

洗好出来，阿惠做完晚上的兼职回来了，比平时早了许多。

“怎么这么早？”

“我要辞掉那份兼职。”

阿惠没有更衣，皱着眉头，一手拿着发泡酒，一边嘎叽嘎叽地嚼着脆年糕片，一边发狠地说。

“我烦透了那家伙，不要再理他了。”

阿惠一口喝干了发泡酒。

“那家伙，是说乌迷？”

“对。”

高桥也从冰箱里取出发泡酒，慢慢喝。

“已经跟妈妈桑说不干了。那家伙真是烦透了。”

阿惠一个劲喝酒，然后靠着沙发就睡着了。高桥抱起软绵绵的阿惠去寝室，解开她领口的扣子，让她睡在床上。连阿惠都说很烦，那人一定是很讨人嫌的家伙吧。高桥一边嚼着剩下的花生米，一边想。

因为阿惠突然辞了晚上的兼职，高桥决定多打一份工。虽然生活费是各出一半，但不足或者有额外费用时，是阿惠出。因为阿惠收入的一半，来自夜晚的兼职，所以必须设法解决这笔费用。联系了飞特族伙伴和兼职时认识的会员制兼职派遣公司职员，可选的有体力劳动和其他各种活儿，从工厂的流水作业到盘货、停车场保安、搬家公司、音乐会或文娱活动工作人员。高桥从中选择了一项两个星期的园艺兼职。说是园艺，真正要干的很单纯，就是一个劲地搬运砍倒的草木，实际工作时间不到六个小时，日薪一万一千日元(含交通费)，挺有甜头的工作，高桥马上拍板。

本次的工作是在离市区稍远的小河边，割掉河边长的草，再运走。作业虽单纯，却比想象的费劲。临近梅雨，在闷热的空气中干活，身上马上黏糊糊的，干了半个小时，就汗流浃背了。出于安全着想，规定要穿长袖衣服，高桥于是从现场监督那里借了厚厚的工作服，一天里面要换三回。这三件衣服上的汗，几乎都能拧出来，高桥多少感动到了自己。

午饭时挑块平地，一边眺望附近的山头一边吃。在山川田地的围绕中吃饭，颇有远足的味道，挺开心的。山脚的天气易变，会一下子下起大雨。如果是小雨的话，得继续作业，但真下大了，就在桥下等雨过去。雨一停恢复工作。就是这样的重复。现场有五个人，现场监工金井先生和高桥，两位大叔，另一个空缺好几个人轮流补。除了高桥之外，其他人全都熟识的样子，但一开始干活，除了必要的指示，谁也不说话了。休息时间补充水分，各自找地方午睡恢复体力。在没有交谈、因炎热和疲劳啥也不想的时间里，心里清爽，多余的东西仿佛都削落去了。虽是重复同样的事情，但身体慢慢适应了最初难熬的炎热和疲劳，相应的部位开始有肌肉块儿了，肚皮的脂肪也掉了。高桥的身体每天显示出小小的变化。

周日的午后，因为下着雨，高桥决定搭巴士去设乐家。虽是休息日的下午，巴士意外地空，可能是下雨天出门的人少吧。到了设乐家，设乐和坂井已经在喝酒了。

“井上呢？”

“那家伙下了班过来。说是七点前就能到。”

“是吗。坂井，给你送别礼物。”

高桥把路上买的便利店袋子递给坂井。袋子里面是四罐啤酒和安全套、履历书。

“什么东西呀。”

坂井看看袋子里的东西，说道。

“男人需要酒、女人和工作。我豁出钱来买的超薄。”

“我去那么远，这会儿用不上了。你用吧。”

坂井把安全套盒子扔回给高桥。

“咱最近几乎都用不着啦——无性生活。你用吧。”

高桥这回扔到设乐躺的床上。

“我也用不上啊，又没有女朋友。而且我这人不用套。你就接受人家好意吧。”

盒子又回到坂井手上。

“那这样吧。三人平分。”

坂井说着，取出盒子里的东西，向高桥和设乐各扔去三个。

“多出一个啦。”

“给井上？”

高桥说道。

“井上打算做职业的，不用套。”

设乐笑着说。坂井也边笑边将剩下的安全套一再往空中抛。这时，传来有人上楼的声音，门一开，山内进来了。

“喝上啦，小伙子们。这是慰劳品。”

山内把一升瓶的烧酒和点心小吃递给高桥。

“你也一起吧？”

高桥递上手里的啤酒，但山内拒绝了：“我还有活儿。”

“而且我也不是这无聊会的会员嘛。”

“是嘛。哎，这是谢你的。”

坂井把手里的安全套扔给山内，山内很潇洒地接住了。

“嗬，Thank you。明天赶紧用掉。好啦，坂井君回到乡下也要加油啊。”

山内笑着出门而去。

高桥醒来时，是中午十一点，外头已经亮了。他猛一惊：耽误了打工了！但记起了金井先生来了电话，说昨天下了雨，地面松软，所以明天休息。在充满烟酒和饺子气味的房间里，三人还没醒。昨天七点前，井上加入之后，四人从附近的王将饺子店买回十个人分量的饺子，聚会变成了饺子宴。只是高桥几乎没有之后的记忆了。记不清了，好像坂井中途哭起来——应该是包括高桥在内，所有人当场都哭了吧？从穿衣镜看看自己的脸，眼睛周围浮肿，但不知道是哭成这样的，还是喝酒喝成这样的。高桥从桌上拈起一个剩下的凉饺子放进嘴里，好难吃，随即吐在碟子上。可能是山内拿来的那瓶烧酒的酒劲，脑袋还留有内侧膨胀和类似头盖骨刮擦的痛楚。他打开窗户，不想再闻到酒味儿了。外面晴朗，这所位于后巷的房子前面，也都人来人往。感觉不像是从这房间无数次看见过的景色，他掏出手机确认今天的年月日。日期就是今天，手机收到邮件了，是上山君发的。说据小诚问野猫说，这只猫在小诚住的小区附近，和玛丽打了一架，玛丽打不过它，自此没有再接近这个小区和周边了。从文句看，高桥觉得邮件是南君写的。

他站起来，拿起桌面上不知是谁的香烟，点上一支。往CD机上放一张在这个房间里常听的唱片。设乐和井上对音乐有了反应，醒了过来，但谁也不想动。过了一会儿，井上踢踢坂井，大家都起来了。

“到此为止吧？”

是宿醉的原因吧，设乐皱着眉头说道。噢噢，三人无力地应道。

“哎，主角，来一句吧？”

设乐扬扬下巴，示意坂井。

“哪有什么话对你们说嘛。”

“算是无言感激，行吗？”

“怎么都行啦。”

三人把设乐留在房间里，出门而去。高桥走到巴士站停下，其余二人从这里各走各路。

招贴可能又被撕掉了，完全没有猫的消息反馈。只有上山君和小诚不时发来邮件。因为高桥兼职忙碌，不能找猫了，辞了晚间兼职的阿惠代他前去寻找，但没有成果，徒增石头而已。

不久，高桥的兼职迎来最后一天。小憩时眺望群山，回想这份工作，意外地觉得有趣。这时，人称“老中”的老先生拿着罐装啤酒坐到他身边来，之前二人没说过话。老中说声“嗨”，手上的两罐啤酒递来一罐。“谢谢您。”高桥接受了，喝了起来。

“哎，你是最后一天啦。”

老中从上衣兜里取出香烟。河边上，金井先生等人正谈着接下来的活儿。

“对。”

“感觉怎么样？”

老中叼着香烟，脸朝正前方，把缠在头上的毛巾解下，擦一把脸上的汗水，然后把毛巾挂在脖子上。

“挺累人的，但也挺开心。真是满目青山。”

两人前方田野开阔，往前点缀着几家民居，其后就是环绕这个市镇的群山。天空湛蓝，但山那边的天空聚集着云彩。“还得来一场雨吧。”老中说道。

“你是学生吧。你还得学习，别干这种活儿啦。回到这种地方来，那可不行啊。”

老中一直眼望远方，说道。高桥想说自己已经大学毕业，但最终咽下了。

“是吗，我明白了。”

老中听了，把毛巾盖在脸上躺下，睡着了。到了下午，像老中说的那样，下起了雨。

全都是空白栏。高桥在寝室里填写履历书，无从下笔。

这时，在厅里看电视的阿惠突然喊“快来快来”，他便搁下圆珠笔，走去厅里。

“电视电视！”

新闻节目正报道某公司的职员私吞公款、去向不明的事。

“这又怎么了？”

“再等一下，可能马上就有图像。”

阿惠有点激动，指着画面说道：

“你看！”

荧屏上大大地打出嫌疑人的近照。照片上的人表情怪异，所以高桥最初没认出来，但那人是大西，错不了的。电视里，播音员嘴里一直在提“大西、大西”。

“大西嘛。”

“咦，你知道这家伙？”

阿惠惊讶地问道。之前高桥觉得没必要特别提到，就没有对阿惠说见过大西。

“你倒是说说，你知道这家伙？”

“不是知不知道啦，这家伙就是乌迷呀。”

大西就是“乌迷”。跟印象中太符合了，这个偶然没有任何不自然。播音员仍旧念叨着这个名字。

“大西怎么是‘乌迷’？”

“你看！”

阿惠指指屏幕上打出的照片下方的名字。

“大西洋（35岁）”

“tai-sei-you。”

“没劲。”

据报道，大西为了归还私吞的钱，从好几个高息贷款的“工薪者金融”公司借钱，因此而债台高筑。见面当时打进来的电话，也是讨债的吧。

“你怎么认识‘乌迷’的？”

因为阿惠这样问了，高桥说了跟大西见面时的情况。

“噢噢，果不其然嘛。竟然要靠找猫的悬赏金，那家伙相当困难呢。还想猫来拉他一把啊，软绵绵的猫岂能指望。”

新闻报道已转为报道下一个交通事故。大家好像忘掉了大西，一脸正经地关注着这起事故。高桥想，像大西这样的小事件也在全国性媒体报道，看来真没什么新闻了吧。

“不过，模样也不太差呀。”

“对呀。且不说性格，模样也还过得去。有点可怜。”

“也算有点儿可怜吧。”

高桥说着，返回寝室，开始接着填履历书。应聘理由和自我介绍——都没有可写的。他无奈从名字开始写，忽然察觉：大西少报了四岁。高桥心想，那家伙是个笨蛋。最终，他只好继续写那份写不下去的履历书。

高桥轻而易举就就职了。自己去职介所面试的公司，全都落选了。设乐常接活儿的设计公司要人跑营业，高桥得到了认可。连自己都觉得面试情况跟往常一样不咋地，但面试官却说得轻松：“你可能适合这个工作。”不知是设乐疏通了，抑或任谁都会录用，太顺当就成了一个社会人，高桥反而觉得不是滋味。他想，可能“那边”跟“这边”离得没那么远吧。说不定两边是一回事？总之，高桥打了电话给设乐致谢。

“我挺能耐的吧？你得感激我的大恩大德啦。”“对呀，我竟然被录用了，条件相当好的公司啊。”“其实嘛，是我亲戚开的公司。面试你的大叔，是我叔叔啦。”“是吗？这事挺麻烦你的吧？”“没有，那位叔叔有点与众不同，你不必在意啦。你不想干了就辞，完全没关系。你别在意。而且叔叔说你办事认真，挺喜欢的。不过要我转达你，不是这么干事情的。他说就一点：你没表情。——你真有衔筷子练习吗？”“是吗，那我今后就天天衔筷子，四处向人谄笑吧。”“还有就是说你要弄好头发。你别睡得头发乱糟糟就去啊。”“那不是睡乱的头发，那是新发型哩。设计公司还这么没感觉啊，你叔叔。”“他对设计一无所知啦。是靠嘴皮子和敷衍走到今天的人。不然的话，也不会录用你啦。”“那倒确实。”“哎，你上班的话，是下下周开始吧？下周举办你的退会仪式。反正有空，来个通宵吧。跟井上打招呼了，铁三角终于也少一个啦。” “明白。顺便说一声，我下周都有空，随时 OK 的。”“明白，再联系。还有，安全套用了？”“再见啦。”高桥挂断了电话。

因为工作已定，高桥把手上的兼职全部取消，有了充分闲暇时间。他向阿惠提议：今后也许没有这样的假期了，去旅行吧？但阿惠不经意地回绝了他，说不是特别想去。

“有空闲的话，找一下猫吧。”

这么一句话，高桥又找起猫来了。回到了没有消息的起点。无奈决定再按照地图的四部分来找。只能碰运气了。他这么想着，遇上绿色交通灯就向前进，假如是红灯就或右或左拐弯。背影感觉可爱的女孩子，就向她的方向前进，追上去若是可爱的，继续向前；若是不可爱的，折回头；而要是相当可爱的，就一再地在她前面骑过，总之是随心所欲地蹬车。这样子找了四天，也不见玛丽的踪影。连找猫的目的，也模糊不清了。

第二天有井上乐队的现场演奏，他决定去观看。高桥毕业后约三年，退出了乐队，而井上还继续着。高桥尽可能去看井上的现场演出，但近半年都没能去，所以这是时隔许久的一次。

离市中心稍远的音乐厅可容一百五十人，从高桥家骑车过去约十五分钟。井上跟负责人关系好，从大学时代起就常在这里演奏。领一张票进场，演出像刚开始的样子，只有约三十人。大厅摆着桌子、椅子，周围好友各自聚集，边喝酒边看着台上。里头也夹杂着井上和井上乐队的人，其余还有好几个要演出的人，所以，实际上观众也就十个人左右吧。

井上看见高桥，走过来打招呼：

“哎，社会人。不好意思啊，你正忙着吧。”

高桥向柜台的女孩子递上饮料券，要了啤酒。正演出的乐队演奏着感觉安静的曲子，可以清晰地听见柜台的女孩子说：“您请。”

“哪里，下周才是社会人，反正现在身无所属。”

高桥和井上并坐在大厅最后排的椅子上。舞台上的歌手扭动身体，声嘶力竭地唱着。贝斯手女孩很可爱。从身后门口进来的四人组合中的一人向井上打招呼，加入前面桌子的群体。

“今天你们第几队演出？”

“第三。这支乐队之后。”

“嗬，现在已经第二队了？就这点观众，有点惨啊。不过，就这样还坚持呢，这地方。”

“老板在别处还开餐馆，这里好像是爱好吧。没指标啥的。”

“相对而言，票子挺贵嘛。对乐队严格，给观众好处，观众才会来吧。”

“什么话，一副社会人腔调！你以前不也在这里搞过嘛。而且，不是这种地方，我们上哪儿去？”

歌手坐在舞台上，搂着麦克风支架，恳求上帝似的仰望上空，用自然声唱着，唱完瘫倒在那里。

“请你喝一杯，谢你过来捧场。”

井上预计曲子完了，站起身。

“算啦，穷人。”

“没事。我们今天突然决定订场合演，没指标。”

井上说着，走去柜台；他跟柜台女孩认识吧，说笑片刻之后，拿了两杯啤酒回来。与此同时，一对男女观众刚进来，坐在高桥他们前面，从高桥的位置看不见歌手身影了。井上看来也认识那男的，寒暄几句，把啤酒放在桌面上。

“你熟人多啊。”

“混的时间长呗。”

井上开始喝啤酒。

“你演出前就别喝酒啦。”

“我啊，人家说我喝了酒，吉他弹得更好哩。”

井上一口气喝干了啤酒。舞台上，中场互动开始，预告了下一场演奏并推销 CD。到了中场互动时，演唱中途感觉不适的歌手说话很正常。整体上看是一支音调低的乐队。“接下来再演奏两首乐曲。”主持人这么一说，前面站起来一个井上乐队的成员，向后面的井上示意。“我过去啦。”井上站起身，和队友一起往舞台侧翼走去。

井上乐队的演奏开始了。井上和往常一样，戴着墨镜上台。一直以来，他都是现场演出时，才拿下隐形眼镜，戴上墨镜。高桥总觉得那会妨碍演奏，但井上始终坚持这个形象，看来是想得一个“墨镜吉他手”的称号吧。大学时代，确实不大看见他戴乐队墨镜，而如今反而觉得他没墨镜会更醒目。他认定扶正要掉的墨镜那动作很帅，显然没那回事。他们四十分钟里演奏了六首乐曲就结束了。其间井上扶正墨镜十次以上。当中超过一半，是没掉而扶正的，高桥见状独自爆笑。但是，也许是酒的效果吧，井上的吉他确实弹得棒。

演奏完的井上仍戴着墨镜就过来了。

“怎么样？”

井上汗流浃背，说完一口气喝掉了一瓶矿泉水。

“要说嘛，就是歌手再加把劲吧。”

喇叭突然轰响。下一支乐队的演奏开始了，震耳欲聋的吉他声使耳边井上的说话声也听不见了，高桥指指出口处，示意出去，二人走到外面。

跟吵闹的里面相比，外面显得很安静。

“你老是说同样的话。我觉得歌手不太差啦。为人也好。”

“你老是同样玩法，我就只有说同样的话嘛。”

“是吗。你要回去了吗？”

“对呀。也没有特别想听一下的乐队，回吧。”

高桥跨上放在店对面墙边的自行车。

“谢啦。下次在你的退会聚会见。”

“好，拜啦。”

隐身于住宅区的音乐厅周边路灯少，一路晦暗不明。高桥没开车灯，加速奔驰在昏暗之中。余音仍缠绕耳畔，机械乐音从耳朵通向脑袋，让脑袋嗡嗡响。骑行了好一会儿，因口干起来，他转回大路，进了车站前的便利店。买茶饮料前，他先拿起一本信息类杂志浏览，这时，身后传来一声“喂”。面前的大玻璃映出一个戴太阳镜、长头发留胡子的瘦削男子。因是陌生面孔，他没理会，肩头却被人向后猛一扳，杂志掉在地上。他回头，那张脸还是没印象。不是这岁数了还被敲诈吧？高桥挺沮丧的，那人扯开一点太阳镜，让高桥看，说：“是我啊。”

“你？”

此人是大西。这模样跟他短发短须时太不一样了，高桥刚才没认出来。

“有空吗？”

大西又戴上太阳镜，他说声“买这个”，把发泡酒和三明治递给高桥。这孩子气的说法让高桥愣了一下，把杂志放回架上，接过发泡酒和三明治，连茶饮料一起买了，走到外面。大西已先走了出去，抽着烟等他。

“你在这种地方干什么？”

高桥推着车子，和大西并排走。他四下里张望，怕被人看见了会有麻烦，但似乎谁也没注意大西。

“你看我像干什么的？”

大西笑道，从大路拐进偏僻小路。高桥也跟他走。

“你是罪犯吧？我看电视了。”

“我也看了。”

“你不逃行吗？放高利贷的也在追踪你吧？”

“说逃就有地方逃吗？钱也没有。而且，高利贷没追踪我。”

“是吗？”

“肯定的嘛。要躲开高利贷，还不知得怎么遭殃呢。我正式跟那帮恐怖家伙联系了，说正安排还钱。要是让警察抓住了，我就什么都做不了了，得趁现在赶紧。那帮恐怖家伙去骚扰亲友就麻烦了……”

大西边走边吃三明治，以发泡酒佐助下咽。

“找到猫了？”

“还没有。”

“是吗。我都想问问猫，怎么才逃得掉。知道那说法吗？——连猫的手，都想借用一下[①]啦。”

“猫的手软塌塌，借了也用不上啦。”

“哪里来的说法？没劲。”

大西边把三明治往嘴里塞边说话。路过一家中型超市前时，大西走到停车场深处，在 个角落坐下来。高桥也停好自行车，在他对面坐下。超市关门了，悄无人声，好像连保安也没有。

“说来，我要去你那边了——工作定下来了。”

高桥很吃惊，自己主动对大西说起此事。

“我这边？哦，是嘛。这边啊。到了这边，也是挺没劲的哩。没啥好事情。就待在你那边不挺好吗？”

“你之前不说过‘去找工作’吗？”

“啊，我那么说了？嘿，我说了那种话吗？”

大西嘴对着发泡酒罐口喝，似乎想起来了。然后拿开罐

① “想借猫的手”，日本谚语，比喻忙碌。

子，一只手把喝完的罐子捏瘪了，放在地上。

“抱歉抱歉。不记得了。可能我这人爱唱反调，其实是羡慕的吧。所有人都羡慕你那边的呀。就是不说、不承认而已啦。所以就使劲否定你们了吧。说到上班族的特权，只有那么点。你来了这边，没多久就懂了吧。不过呢，我也不在这边了，跑没影了。”

大西说着，表情很柔和。

这时，突然有跑步声越来越近。高桥对那声音戒备起来，注视着声音的方向。从超市拐角出现的，是一个穿运动背心配短裤的大叔，正在慢跑。“你太胆小啦。”大西笑着站起来。

“好啦，不宜给你添麻烦，我该走了。还有，不好意思了，跟你借点钱。”

“我干么非要借钱给罪犯？你肯定不还的吧？”

“我绝对还。我这个人借了钱就还的——不过侵吞公款不会还。求你了——”

大西在面前双手合十。高桥觉得滑稽，掏出钱包，拿出七千日元递过去。

“绝对得还哦。”

大西马上数了钱，说：

“就七千有点儿小气，不过也算救急了。Thank you.拜啦。”

他说完登上停车场围墙，向高桥挥挥手，难以置信地消失了。

因为是平日的晚上吧，店里有很多下了班的上班族，大学生模样的只有一伙人。靠里坐的设乐向高桥这边挥手。走近餐桌，除了设乐和井上之外，还坐着冈本。聚会看来已经开始了，桌面上摆着刚开始喝的大啤酒杯、毛豆和开胃菜。冈本新毕业，在大阪的公司就职了，本是与“浮浪会”无关的人。

“我来介绍——这位是昨天入会的新成员冈本君。”

设乐说声“今后请多关照”，装模作样与冈本握手，又指向高桥，向冈本介绍似的说：

“这位是今天退会的高桥君。”

“我是冈本，请多多关照。不，学长一直以来辛苦啦。”

借着设乐的腔调，冈本站起来，向高桥鞠了一躬。高桥无奈也应答如仪：

“初次见面，是冈本君嘛。咱这会规矩严，努力促进本会繁荣吧。今后看你的啦。”

他站起来，向冈本伸出手。等冈本要握他的手，他把冈本的手推开了：“什么呀。”

“别干没面子的事。你怎么辞了工作呢？”

高桥坐好了，问冈本。

“哦，是上星期。原本得干满这个月，提早辞了，后面用带薪休假顶掉，所以可以不上班了。高桥，据说你也就职了？”

“对对。被设乐诱骗，进了设乐亲戚的公司。”

“是吗。高桥就职啦。我就觉得你待不长的。”

“好了好了，稍后再聊那个。主角也到了，从头开始吧。”

设乐这么说着，喝完了大杯子里剩下的啤酒，喊来店员，再要了四个中杯啤酒。啤酒马上上来了，在设乐主持下，高桥按照仪式退会。

“不过，你怎么突然要去上班了？”

冈本边剥着毛豆边说。

“也不算突然。哦，那个嘛——我有了喜欢的女友了。”

“无性的吗？”

设乐笑了，说道。

“不是啦，我们呢，已经不是低层次的身体关系了，是在精神的高层次结合了。也许动物性的、任人可睡的设乐君理解不了吧。是那样子。”

高桥摇摇头，喝起啤酒。

“我不理解啊，那么精神性的搞法。”

“咳，说实在的，我也不明白。”

高桥笑了，说道。话题兜兜转转在工作和女人上面。随着时间流逝，上班族大叔们陆续离去，店内只剩下那一伙大学生和高桥他们。到店里的人来说“最后一次点菜啦”时，冈本已经靠在墙上睡着了。

“这家伙还没脱离社会人本性啊。”

设乐说着，拿香烟捅冈本鼻孔，弄醒了他。冈本狠狠拨开设乐的手，闭着眼睛点了乌龙茶。

结了账走出店外，那伙大学生也一起出来了。他们中的一人看来已烂醉，由别的男生搀着，在路旁对着排水沟呕吐不已，但腹中物似乎已经吐尽，口中出来的只是呻吟声和胃液。说起去下一家店，井上提议找女人去，但被众人驳回，最终以省钱为理由，去了设乐家。因为零点已过，四人挤上出租车。进了设乐房间，也许是出租车开得太猛了，四人都醉得晕乎乎，就势瘫倒。设乐还硬撑起来，从冰箱里取出发泡酒和乌龙茶，说“有酒啊”，但没一个人起来。高桥躺着滚到设乐脚下，从设乐手中夺过乌龙茶瓶子，仰脸喝起来。两升瓶流出的茶水太猛，高桥的嘴巴接不住，满溢出的茶水流入鼻孔，剧烈咳嗽弄得满脸茶水。咳嗽时丢开的瓶子掉在榻榻米上面，瓶口流出乌龙茶水。高桥模模糊糊听见设乐的声音：“你这是干什么呀。”但他已经看不见设乐了。

高桥觉得凉冰冰，醒了过来。周围的榻榻米和T恤领口都湿漉漉的。他爬起来，打开放在一旁的瓶子，喝起乌龙茶。看看手机，已过了早上五点。想再睡一下，但湿了的T恤很不舒服，无法入睡。好像有人上楼梯，去了洗手间——叼着烟的冈本走进房间。

“哎，起来啦？”

冈本看见高桥，说道。

“你早啊。”

“好歹也是上过班的人嘛。到了早上就醒了。不过也好久没这样玩了，挺新鲜的。”

冈本拉开窗帘，然后打开窗户。太阳升起前的蓝光照进房间。

“是吗。我已经腻了。”

高桥说道。

“是吗。那不正好吗——就职。我想搭第一班车回去，你呢？”

窗户吹进微温的风，也把站在窗边的冈本的香烟烟雾吹到高桥脸上。高桥被烟呛了，咳嗽一下，他站起来，说道：

“我也回家。——瞧这湿漉漉的。”

两人步行到车站。脑袋不疼了，但木木的，开动不了。路上二人都一言不发。在检票口分了手，走向各自的月台。过了一会儿，冈本那边的电车来了，冈本向高桥挥挥手，身影被电车吞没。电车把其他等车的人一起吞没，走了。对面空无一人的月台前部，因为车站的扩建工程而简单围了起来，用预制件搭了好几间存放物料的小屋。高桥对之眺望了好一会儿。这时，照片般不动的风景里，跑进来两个影子。定睛看那两个活动的东西，认出是两只猫。隔得远看不清，但其中一只像玛丽。两只猫钻进了其中一间预制件小屋。高桥行动起来。下台阶走去对面的月台，从那里下路轨，走近猫钻进去的预制件小屋。小屋的门开了一点，高桥打开门，两只猫定定望着高桥这边。一只猫像玛丽，但不是玛丽。身子小，还有尾巴。高桥要往里走，两只猫蹿过他脚旁逃走了。环顾小屋里头。看来是存放工程用具的，但入口附近有两个碟子，放有猫食和水。恐怕是某位工程人员在这里养猫吧。随着眼睛适应了昏暗，逐渐看得清了，他发现房间角落里还躺着一只猫。打开手机的照明查看，这就是玛丽。他走近去，玛丽还是睡着。他在玛丽旁边蹲下来，轻轻抚摸它的身体。可是玛丽没有任何反应。高桥要把它捧起来，但玛丽的腿被垫工具的袋子上的绳子缠住了，动不了。照一照玛丽周围，地板上有许多抓痕。绳子上也有啃咬的痕迹。看来玛丽没能弄断绳子，耗尽体力而死。高桥用周围的工具切断绳子，解脱了玛丽，把它抱出来。它活着时不喜欢高桥碰，每次抱它都乱蹬一番，此时没有任何挣扎了。软绵无骨似的身体，却略显沉重。他且把玛丽放回地上，拿起旁边的铁锹走出外面，挖了个洞。他只想到好歹把玛丽埋了。濡湿的地面不难挖，把玛丽放进挖好的洞里，覆上土，上面摆了石头。然后，最上面一块石头装进兜里，他离开了那个地方。

回到家，阿惠在睡觉。他把刚才捡回的石头放在摆放石头的架子的末端，一头睡去。

高桥醒来时，阿惠已出门去打工了。他无心做任何事情，一直躺着，学阿惠的样子眺望石头，把石头抵着额头，冥想，但最终什么感觉也没有。

次日，阿惠提议利用高桥“飞特族”的最后一个周末周日，一起散步兼找猫。高桥想对阿惠说出玛丽已死，但最终没说出口，他俩逛了两天。

曾听人说社会人的第一个星期过得很快，高桥觉得很对。一进公司，就得了一个营业兼制作的头衔。这一来，他就明白要做营业和制作的工作了，但还不知道有哪些内容。任务是第一个月学习怎么做事。先跟着营业的老员工学工作流程。从老客户那里领回委托业务，把它分发给公司里的设计或者公司外单干的设计，掌握好进展状态，在期限前交货——这个过程他能理解，但当中常常蹦出来的专业用语他几乎都不懂，所以回家路上他顺便去书店买了几本关于设计的书，回家后阅读。因他是在进修期，所以几乎没有加班，但阅读从没读过的专业书挺费时间，一天眨眼就过去了。不过，在第一个周六休息日前，他跟公司的人已有点熟了，高桥觉得尽管是头一回，也是挺好的开端吧。只是还不能对阿惠说玛丽的事。回到家也以学习为由，尽量避免谈话。尽管他明白要说出猫死了并没有什么适合的时机，也还是不知道什么时候说为好。

周六难得一觉睡到中午。高桥去洗脸台洗脸，见阿惠在客厅，躺在沙发上看电视。

“怎么样，社会人的第一个休息日？”

阿惠笑着说道。

“跟往时一样，没啥特别。”

高桥洗过脸，从冰箱拿出矿泉水，边喝边去客厅，坐在阿惠旁边。桌面上放着烟灰缸和咖啡杯、石头。

“对了，”阿惠从沙发里坐起来，“你知道这块石头吗？我不记得捡过它的。”

这是高桥从玛丽墓那里捡回的石头。“你等一下，”高桥起身去洗手间，他需要时间想想。他坐在便座上想，但找不到不说的理由。他喝一口水，说“关一下好吗”，关掉了电视机。

“为什么关电视？”

高桥把玛丽已死的事告诉阿惠。阿惠不相信，高桥盯着石头说：“这是那时候捡的石头。”这一来，很奇妙地，阿惠就接受了，她没了力气似的躺在沙发上。

“你为什么不早点说？”

阿惠声音哆嗦。

“是没特别的理由，但很难说出口。”

阿惠就那样躺着，好一会儿闭上眼睛。高桥口干，又喝了水，眼睛盯着桌上的石头。阿惠突然喊一声“笨蛋”，猛然起身，冲进寝室，使劲关上门。声音比预想的还大，高桥吃了一惊，但束手无策。这种时候，电视剧之类会出现的画面是轻轻搂过她肩膀，在她耳边说“不要紧”吧，或者什么也不说，一直紧紧拥抱吧。但一来没那情绪，二来阿惠也不需要吧。况且她锁上了房门，接近都不可能。没法子，高桥试想谁是“笨蛋”。是没找到玛丽的自己吗？或者是没提供有用信息的大西和吉田？还是制作的招贴效果不佳的设乐？还有，让这么宝贝的猫轻易逃走的阿惠？擅自逃走、惹出这许多事，又自己死掉的玛丽？高桥感觉全都是“笨蛋”。他躺在沙发上，开始读设计方面的书，但完全不进脑子。他搁下书，在沙发上看了一整天电视。阿惠也一整天关在寝室里，除了上洗手间就不出来。到了晚上也没开门锁的动静，高桥无奈就在沙发上睡了。

翌日星期天也一样。高桥一整天耗在电视上，阿惠在房间里不出来。只是当天晚上寝室门开了，高桥可以上床睡觉，可能是为高桥第二天上班着想吧。不过，两人没说一句话。

从第二周开始，高桥逐渐有活儿了。不过几乎都是整理文件和打电话，一整天坐着面对电脑，挺无聊的。高桥迄今只干过力气活儿，不习惯身体不动的工作，即便工作结束了，也没有爽快感，不感觉到结束了，仿佛在某个部位还一直持续着。阿惠逐渐走出房间了，但好像暂停了白天的兼职，高桥回家后，常见她头发蓬松、穿着睡衣晃来晃去。她也不出家门，需要香烟之类时，就发邮件给高桥，让他买回来。

到了下一周，阿惠终于出门去打工了，但还是话少，对什么都有气无力，做任何事情时，必定念叨“烦人”。

“你一说‘烦人’，真就变得很烦了。因为语言会变为现实，反作用在自己身上。”

高桥把阿惠常说的话原样照搬，但阿惠却说：“行啦。真的好烦嘛。而且，语言变不了现实。你瞧我天天念叨，玛丽还是回不来嘛。那些说法都骗人的。”她还是缩在房间里。

高桥牵挂着阿惠，对工作不能集中精神。他想帮帮她，但明白无能为力。虽明知这一点，却甩不开，整理文件就慢了下来，被老员工唠叨了。尽管如此，他工作效率上不去，小错不断。他在公司附近的公园里吃午饭，心想本周挺糟糕的，这时收到了小诚发来的邮件，说有关于猫的话要说，问能见面吗。事到如今本已没什么好说的了，他想如有可能，想听听玛丽死前的情况，又想也许是阿惠改变心情的好机会，就回复“周六下午有空”，对方回邮“那就明天三点请来住宅区前面”，高桥发回“明白”。

阿惠不愿意去见小诚。她发牢骚说不想听到玛丽的消息，也不想出门。高桥坚持说服，摆出意义重大的架势说，阿惠有义务听取关于玛丽的情况，慢慢阿惠也松口了。因高桥说“小诚很可爱，见见也无妨的”，阿惠就说“那就见一面试试”，好不容易才成功地带了她出门。

在约定的时间抵达住宅区，见小诚一个人在等。小诚还是扎着马尾辫。

“今天上山君和南君不来吗？”

高桥一问，小诚低着头，“嗯”一声回答。

“你好，小诚。”

阿惠喜欢可爱小姑娘，她对小诚颇有兴趣，把小诚上下打量了一番。

“初次见面，我是木村诚。高桥先生，她是谁？”

小诚问高桥，她被陌生女人死死盯着，显得惊恐不安。

“她是我的女朋友，佐藤惠。”

“初次见面，小诚，我是阿惠。你好呀，小诚好可爱呢。发型也很般配。”

听了这话，小诚又低下了头。阿惠不知道小诚为何低着头，为难地看看高桥。高桥挨近阿惠耳语道：

“小诚不喜欢这个发型。不过她妈妈喜欢，她挺不情愿的。”

阿惠小声对高桥说：“是这样啊，倒是挺可爱的嘛。”

“不好意思啦，小诚。那，有什么猫的消息呢？”

高桥这么一问，小诚有点不知所措，“嗯”了一声，又停了一下，想想之后说：

“嗯，那猫，昨天野猫说了，在这里的西方。”

她低着头说道。小诚所说的“西方”，应该不可能是指“西方净土”。小诚不知道玛丽死了，也就是说，这一下子就说明了，她能跟猫说话是骗人的。之前也并非真的相信，但怎么说好呢，高桥有点犯疑。阿惠好像也想着同样的事情，不安地盯着高桥这边。

“小诚，到那边坐一下吧？”

高桥指一下住宅区旁边的长椅，两人夹着小诚坐下了。

“小诚，我告诉你，不久前玛丽死了。”

“啊？”

小诚吃惊地看着高桥的脸，马上又低下了头。

“然后呢，这位姐姐为玛丽的死很伤心，连家门口也出不了了。不过呀，她今天想听小诚说说玛丽的事，就一起来了。”

高桥这么一说，小诚答一声“是嘛”，缩紧了脖子。小诚马上要哭出来的样子。高桥心想这说法可能不对头，心急地看阿惠，见阿惠瞪着他，他后悔了，果然没说好。

“不过，小诚完全不知道，对不对？跟猫说不了话的嘛。而你今天就是想告诉他，对吧？”

小诚对阿惠这番话点点头。高桥佩服阿惠的诱导性提问。

“就是嘛。”

阿惠接着说。

“反正就是那样子：叫上山君和南君的男孩子把小诚随口说的事情当真了吧。于是他们夸大了说出去，小诚就不好说是骗人的了。”

小诚看着阿惠的脸，点点头。

“没事的，你别在意。信那种事情的才是笨蛋呢。你别理那种蠢男孩啦。我呀，原来做的工作，就是撒谎骗蠢男人的钱。小诚做的事情不用在意啦。”

阿惠这么一说，小诚抬起了头，说：“真的？”阿惠说：“真的。”这一来，小诚像绷紧的线断了似的，哭了起来。

“可是，猫死了呀。”

受小诚带哭腔的声音影响，高桥的眼泪也夺眶而出，他用手遮住脸。

“你怎么也哭呀？”

阿惠没好气地说。

“人家很伤心嘛。”

一家人从旁边走过去，奇怪地看着哭泣的高桥和小诚的身影。阿惠难为情地低着头，捅捅高桥，说：“你适可而止吧。”高桥好不容易止住泪水，抬起脸，从兜里掏出纸巾擤鼻涕。小诚不知何时起靠在阿惠身上。小诚在阿惠身上哭着。阿惠默默从小诚头顶看着她。高桥有点儿嫉妒小诚。他打量着母女般身体靠在一起的二人。阿惠脸上已经没有了昨天为止的晦暗表情，虽然显得伤心，但能从中感觉出力量。阿惠看看高桥，说：

“去买点东西吧。”

她身体离开小诚，站起来，把小诚也拉起来。

“附近有便利店吗？”

高桥带阿惠去之前去的便利店。阿惠买了三个人的饮料和梳子、发卡、卷发夹，回到原来的长椅。

“脸朝那边坐在这里。”

阿惠说着，让小诚背向她坐下，自己在后面也坐下，解下扎小诚头发的橡皮圈。头发落在肩上，阿惠用梳子梳理，把前面的头发大致作七三分，用发卡别住；后面头发用发卡和卷发夹一点点往上梳。小诚默默坐着，表情已跟刚才不同，欢喜地等待着。“还没好？”“再等一下。”两人之间这样对话，高桥被完全排除出女孩子的世界了。阿惠将梳起来的头发在头顶盘好，最后插入发卡固定。

“好啦。”

阿惠从包里取出镜子，递给小诚。

“怎么样？”

阿惠一问，小诚欢喜地把镜子左照右照，一连串“好呀”“好呀”的。高桥觉得有点儿太时髦，不大像孩子，不过确实跟有点老成的小诚般配。

“小诚眉清目秀，干脆试试短发也好。”

“是吗？姐姐，你教我怎么梳这个发型吧。”

“行啊。”

又开始了女孩子家的对话，高桥被晾在一边了。看她们很快活。高桥点上一支烟，想要挤进谈话里，开口说道："好在小诚想跟我说实话呢。"小诚一心赶时髦，对高桥的问题简短答道："因为我很烦了。"又转向阿惠那边。

"你很烦什么事情？很烦撒谎的事吗？"

这回是阿惠问她。

"不是。撒谎很简单啦。不是那个，是撒了谎必须记住。要是撒谎太多，要记住或者要想起来就很烦了。"

小诚摆弄着自己的头发，轻松地说出了可怕的话。

"是嘛。不过，小诚很行啊。这个年龄就骗倒两个男孩子。有天分啊。你再长大一点，姐姐介绍好工作给你吧。"

阿惠笑着说。高桥心想，这种话不该对小学生说，不好笑；不过看着小诚的笑脸，感觉也无所谓，不禁苦笑起来。

"我想要孩子了，来吧。"当天晚上，阿惠主动说，高桥心里怦怦跳。

"可我才刚开始工作啊。再过一点时间比较好吧？"

高桥说着，因时隔许久的紧张感而勃起了。

"说得那么认真呀？玩笑而已啦。那，你不想干？"

"咳，想干。"

高桥用了和坂井、设乐分的友情安全套。时隔许久的性生活意外地疲乏，意外地短暂。他一结束就睡着了。

阿惠嚷嚷“起来了”，摇醒他，是早上五点出头。

“这么早干什么？”

高桥醒来，声音沙哑地问道。

“出门去。”

阿惠在他耳边说话，他嫌吵钻进被子里，但被子马上被掀掉。阿惠没有化妆，但已经换好了衣服。

“这个时间里要去哪里？”

高桥边穿牛仔裤边问阿惠。

“河边。”

阿惠只说了两个字。

二人骑车去河边。还没日出，一切笼罩在蓝色里。阿惠背一个黄色背囊。高桥不知道背囊里面装了什么，背囊鼓鼓的，看上去挺沉。

“我来拿？”

高桥这么一说，阿惠说“不用”，加快了速度。

河边空无一人。太阳升起来一点，四周恢复了原本颜色，只有河水蓝蓝的，好像就它没变。在河边停好车，阿惠走踏脚石来到河中央。高桥跟在她后面。他跟阿惠站在同一块踏脚石上时，阿惠放下了背囊，打开。里面塞满了石头。都是阿惠捡回家的石头。

“你要干什么？”

阿惠不作声，将背囊掉转过来，把石头全倒进河里。石头溅起小小的飞沫，沉下河底，不久，堆起来的石头从河里冒出头。背囊的石头全部倒掉之后，河里出现一个石头小岛。阿惠背上背囊，注视着这个小山，小心在上面踏上一只脚，站稳之后，另一只脚和重心也慢慢移到小岛上。她摆动身体平衡着，双脚站在小岛上。

“你瞧。”

虽然不知道瞧什么、怎么瞧，但阿惠的样子很可爱。

“我也来！”

高桥也要站在那小岛上，他一伸腿踩上来，石头堆就垮了，两人的脚浸到河水里。

“你干什么呀。别闯进人家的回忆里搞破坏。”

“不好意思，弄湿了。上岸吧，挺冷的。那边近，从那边上岸吧。”

高桥说着，指指与停自行车一侧相反的河岸。

“噢？不要啦。车子在这边。”

阿惠说着，转过身从河里走向有车子的岸边。“哦，说的也是。”高桥自言自语道，跟着她走去。

图书在版编目(CIP)数据

天亮前寻找一只猫/(日)丹下健太著;林青华译.
—上海:上海译文出版社,2015.4
ISBN 978-7-5327-6887-5

Ⅰ.①天… Ⅱ.①丹… ②林… Ⅲ.①长篇小说—日本—现代 Ⅳ.①I313.45

中国版本图书馆 CIP 数据核字(2015)第 003187 号

图字:09-2011-537 号

天亮前寻找一只猫
青色讃歌

[日]丹下健太 著
林青华 译

出版统筹 赵武平
责任编辑 刘 玮
装帧设计 尚燕平

上海世纪出版股份有限公司
译文出版社出版
网址:www.yiwen.com.cn
上海世纪出版股份有限公司发行中心发行
200001 上海福建中路 193 号 www.ewen.co
山东鸿杰印务集团有限公司印刷

开本 787×1092 1/32 印张 3 插页 4 字数 37,000
2015 年 4 月第 1 版 2015 年 4 月第 1 次印刷

ISBN 978-7-5327-6887-5/I·4171
定价:28.00 元